설봉산의 꿈

설봉산의 꿈

한승민(韓承潤) 지음

출판
이안

설봉산의 꿈

초판 인쇄 | 2018년 1월 24일
초판 발행 | 2018년 1월 26일

지은이 | 한승민 (본명 한기석)
펴낸곳 | 출판이안

펴낸이 | 이인환
등   록 | 2010년 제2010-4호
편   집 | 이도경, 김민주
주   소 | 경기도 이천시 호법면 단천리 414-6
전   화 | 031)636-7464, 010-2538-8468
팩   스 | 070-8283-7467
인   쇄 | 세종피앤피
이메일 | yakyeo@hanmail.net

이 도서의 국립중앙도서관 출판시도서목록(CIP)은 서지정보유통지원시스템 홈
페이지(http://seoji.nl.go.kr)와 국가자료공동목록시스템(http://www.nl.go.kr/
kolisnet)에서 이용하실 수 있습니다. (CIP제어번호 : CIP2018000938)

ISBN : 979-11-85772-50-9(03810)

가격 13,800원

■ 잘못된 책은 구입한 서점에서 바꿔 드립니다.
■ 出版利安은 세상을 이롭게 하고 안정을 추구하는
  책을 만들기 위해 심혈을 기울이고 있습니다.

자신이 하고 싶은 일을 하는 것이
세상에 도움이 되는 보람된 일이라면
그 어떤 명예와 부를 가진 것보다도
값지고 축복된
삶이다

이른 새벽 눈을 뜨면 새로 시작되는 하루에 가슴이 벅차 오릅니다. 비로소 하늘의 뜻을 안다는 지천명(知天命), 지난 시간을 돌이켜 보면 어느 한 순간도 절대자의 크고 은혜로운 사랑이 개입하지 않은 적이 없습니다.

이천의 명산인 설봉산을 3백 여회 이상 오르내리며 많은 사색의 발자욱들을 쌓았습니다. 설봉산은 394m로 이천시가지를 서쪽에서 북동방향과 남동방향으로 둘러싸고 있는 이천의 진산으로 마치 학이 날개를 편 형상을 닮았다 하여 무학산(舞鶴山), 부학산(浮鶴山)이라고도 불립니다.

저는 설봉산 자락의 농촌마을에서 태어나 농업이 천하의 근본임을 몸으로 익혀 왔으며 부모님이 물려주신 강한 긍정의 마음과 근면을 세상의 척도로 여기고 살아 왔습니다. 옳은 일을 하는데 최선을 다해 실천해 왔으며 불의를 만나면 몸을 던져 실행하고 어렵고 힘든 이들과 함께 하고자 노력했습니다.

부끄럽지만 한 권의 책을 세상에 내어놓은 까닭은 희망의 바탕이 되었던 꿈들의 기록을 남겨두고 싶기 때문입니다. 비록 제게 맡겨진 일에 온 힘을 다해 일하고 있지만 늘 부끄러운 마음이 앞서는 현실 속에서 인생의 어느 한 순간도 의미를 담지 못할 것은 없다고 생각합니다. 지금 나를 존재하도록 해준, 오늘의 나를 만들어준 지난 세월이 눈물겹도록 고마울 뿐입니다.

세상 살기가 녹록치 않고 사회는 혼란스럽고 살림살이는 갈수록 궁핍해 지는 것을 많이 봅니다. 이 복잡하고 미래가 불확실한 상황에서 절대자께서 제게 주신 사명을 생각해 보았습니다. 절대자께서 저를 세워주신 이유는 당신의 사랑으로 힘들고 어려운 이웃에게 희망을 전하라는 뜻이라 믿습니다. 저는 이 사명을 가슴에 안고 험한 세상을 헤쳐 나갈 것입니다.

이 한 권의 책이 세상 밖으로 나오기까지 성원해 주신 모든 분들께 고마운 마음을 전합니다. 그리고 세상을 살아가는 가장 큰 이유 중 하나인 가족과 이병수 선생님, 정안민 목사님, 주위에 모든 분들께 감사한 뜻을 전하고 싶습니다.

책을 준비하는 동안 다사다난했던 가을이 훌쩍 지나고 깊은 겨울이 찾아 왔습니다. 이제 곧 봄이 오겠지요. 저는 혹독한 겨울날의 추위를 다스려 다가오는 봄날을 기다립니다.

겸손한 마음으로 풍성하고 아름답고 함께 더불어 살맛나는 세상을 만들어 가기 위해 최선을 다할 것입니다.

감사합니다. 사랑합니다.

2018년 1월
문현재(文賢齋)에서
설봉 한승민

청출어람(靑出於藍)

이병수

(고교시절 담임/ 前 장안중학교장)

나는 40년 이상 교단에 근무하면서 많은 제자들을 배출시켜 왔다. 처음 교단에 발을 들여 놓았을 때는 학생들과 더불어 보내는 시간이 왠지 즐거워 시간 가는 줄 모르며 보냈다.

차츰 경력이 쌓이면서 교육의 진정한 의미를 조금은 알게 되면서 교육이야말로 정말 보람 있는 일로 생각하게 되었다. 그것은 내 스스로 그렇게 느끼기보다 나를 거쳐 간 제자들의 반듯하고 용기 있는 훌륭한 성장을 바라보면서 가능해진 것 같다.

교육의 보람을 흔히 청출어람(靑出於藍)으로 표현한다.

한 가정이 잘 되려면 자식이 부모보다 훌륭해야 하듯이 교육에서의 보람은 스승을 앞서가는 제자의 성장에서 찾을 수 있다. 스승으로서 뚜렷한 소명의식도 없이 교단에 서 왔지만 여기 한기석과 같은 제자가 있기에 나는 무한한 보람을 느낀다. 그는 내가 이천농고(지금의 이천제일고) 재직시 2학년 학급 반장과 담임교

사로 만났다. 그는 늘 성실하고 여유 있는 성격으로 솔선수범하면서 학급을 선도했으며, 담임인 나와 항상 머리를 맞대며 학급을 이끌었던 기억이 새롭다. 그는 대학을 마치고 사회생활을 하면서 더욱 성실하고 미래지향적이며 열린 사고로 가정과 지역사회를 선도하는 데 힘써 왔다.

산수유축제를 기획하고 토대를 마련한 시민단체 「푸른이천 21」 등을 이끌면서 이천 지역 사회의 중견인물로 그 역할을 충실히 수행하여 왔으며, 한국문인협회 회원으로서도 꾸준한 작품 활동을 해 오던 중, 그간의 글들을 엮어 여기 한권의 책으로 내기에 이르렀다.

좋은부모되기연구회 창립 5주년 특별 강연회에 초대 받아 정말 훌륭한 일을 하는 것을 확인하고 깜짝 놀랐다. 그는 아내와 더불어 훌륭한 부모되기, 훌륭한 부부되기를 몸소 실천하고 있었다. 나는 부끄러움과 부러움으로 얼굴이 달아 올랐었다. 그런 그가 그의 삶의 철학과 소신을 부드럽고도 예리한 붓끝을 통해 엮어낸 문집이 나오게 되어 정말 기쁘기 그지없다.

앞으로 많은 사람들이 이 문집을 읽고 함께 뜻을 같이하고 그들의 감동이 전국으로 메아리쳐 가기를 소망하며 문인으로서도 일취월장日就月將하고 괄목성장刮目成長하기를 진심으로 바란다.

좋은 사람 한기석 형제님을 사랑하고 축복하며

청로 정안민

(주사랑교회 담임목사)

인생은 만남입니다.

누구를 만나느냐에 따라 우리 인생은 결정됩니다. 만남 가운데
는 좋은 만남이 있습니다. 좋은 만남은 우리 삶을 풍성하게 해
주며, 우리를 변화시킵니다. 좋은 만남은 삶을 행복하게 만들고
기쁨을 줍니다. 좋은 만남은 우리를 새로운 차원으로 이끌어 주
고, 때로는 운명까지도 바뀌게 합니다.

소중하지 않는 만남이 어디에 있으랴만 목사의 관점에서 좋은
사람이란 예수님을 닮은 사람입니다. 좋은 사람은 만나는 사람들
을 존중할 줄 아는 사람입니다. 좋은 사람은 칭찬과 격려를 아끼
지 않습니다. 좋은 사람은 남을 배려합니다. 좋은 사람은 경청할
줄 압니다. 좋은 사람은 자신을 낮추고, 다른 사람을 높여주고
섬기는 사람입니다. 좋은 사람은 선한 것을 생각하고, 선한 일을
도모하는 사람입니다. 좋은 사람은 좋은 생각을 하고, 좋은 언어

를 사용할 줄 아는 사람입니다. 좋은 사람은 상대방이 잘 성장하도록 도와줍니다. 좋은 사람은 감사할 줄 아는 사람입니다. 좋은 사람은 상대방의 허물을 덮어줄 줄 아는 사람입니다.

저는 많은 사람들과 관계를 맺고 살아갑니다. 제 기억 속에는 많은 사람들이 좋은 사람으로 기억됩니다. 그런 가운데 특별히 기억되는 좋은 사람들이 있습니다. 그런 분 가운데 한 분이 한기석 형제님입니다. 한기석 형제님을 알고 지낸 지 20년이 가까워집니다. 한기석 형제님은 앞서 말씀드린 그런 좋은 사람, 참 좋은 사람입니다. 그런 분과의 만남은 제 인생에 있어서 기분 좋은 만남이요, 언제나 편하게 만나 웃을 수 있는 만남이요, 복된 만남입니다. 언제 만나도 신뢰가 가고, 따뜻하고 너른 가슴을 가진 한결같은 분이십니다.

이런 한기석 형제님이 소중하고 가치 있는 책을 내시니 가슴이 뜁니다. 한기석 형제님의 잔잔한 삶의 이야기와 그분의 고귀한 생각과 사상과 철학이 여러 장르의 글로 엮어져 사람들과 나누게 되어, 매우 기쁘게 여기며 축하를 드립니다.

이 책을 통하여 삶의 여유를 잃어버린 사람들의 마음이 소생함을 얻고, 식어져 버린 열정과 감흥이 되살아나며, 긴 여운과 감동과 행복감이 그분들에게 깃들어지기를 소원합니다.

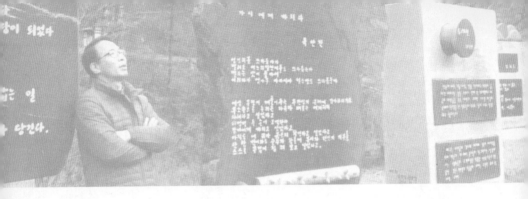

책을 열며 _ 005
Mentor의 메시지1 / 이병수 _ 008
Mentor의 메시지2 / 정안민 _ 010

Part1. 사랑 받을 수 있는 조건

1장 정성스런 손길이 닿는 만큼

가이아 마을 _ 022
상생 _ 024
봄을 재촉하며 _ 026
검은쟁이 산골의 봄 _ 028
농사 준비 _ 030
고추농사 _ 033
봄비 _ 035
고추나무 _ 037
꿈을 현실로 _ 040
초복 _ 044
가을 _ 046
어느 농부의 마음 _ 048
비가 내리고 나면 _ 049
첫서리 _ 051
눈꽃 _ 053
꽃샘추위 _ 057
선녀와 나무꾼 _ 059
청춘 여행 _ 062

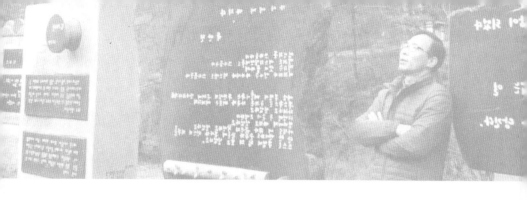

2장 이래저래 살맛나는 세상

아이들이 살맛나는 세상 _ 066

책 읽는 가정으로 _ 069

깊은 산골 옹달샘 _ 072

자연으로 돌아가라 _ 074

자신을 되돌아 보고 _ 077

청빈한 삶으로 돌아가기 _ 079

청정한 먹을거리 _ 081

연금술 _ 083

검소한 삶 _ 085

소박한 삶 _ 088

소박한 삶2 _ 090

호우시절 _ 094

가을 길목 _ 097

지금 여기 _ 099

삶의 무게 _ 105

태백산 산행 _ 107

가을 _ 109

이제 여기 _ 111

바보새 _ 114

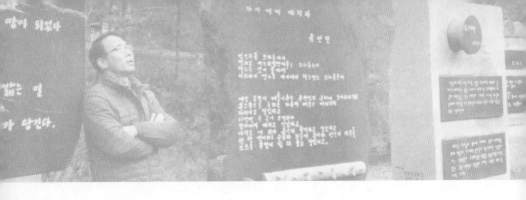

3장 만족과 기쁨을 느끼는 흐뭇함

행복에 대한 소망 _ 118

희망은 행복의 시작 _ 121

행복은 창조의 힘을 꽃피우며 사는 것 _ 125

숫자와의 씨름 _ 127

마음먹기 _ 131

모두의 일 _ 136

꿈 _ 139

정신적 풍요 _ 142

촛불시위 _ 143

양동마을 _ 146

가장 슬픈 왕 _ 151

知天命 _ 155

이제는 감사할 때 _ 158

사랑 받을 수 있는 조건 _ 162

시장께 바란다 _ 165

시의회에 바란다 _ 169

Part2. 쉼, 그리고 짧은 詩

1장 꽃이 피는 계절이 있다

내 마음의 오지 _ 176

봄 _ 177

꽃피는 계절 _ 178

잉태 _ 179

빗방울 _ 180

해바라기 _ 181

비오는 날 _ 182

남한강변에서 _ 183

가을이 오면 _ 184

가을 편지 _ 185

가을비 _ 186

태고의 꿈 _ 188

겨울 풍경 _ 190

봄을 기다리며 _ 191

어머니 _ 192

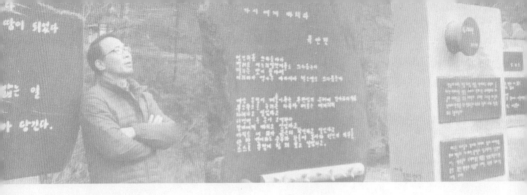

2장 늘 마르지 않는 샘물처럼

목련꽃 _ 194

흔적 _ 195

구름 _ 196

기억 속의 나무 _ 198

여름 _ 200

가을세상 _ 201

까치밥 _ 202

사람의 길 _ 203

이렇게 살았으면 _ 204

단상 _ 205

만남 _ 206

비 내리는 날 _ 207

초승달 _ 208

3장 지금 행복하지 않으면

푸른 눈빛으로 _ 210

인생은 물처럼 _ 211

평화의 길 _ 212

행복 _ 213

시간 _ 214

농부의 소망 _ 215

오늘에 최선을 다하는 삶 _ 216

삶의 에스프리 _ 217

진정한 현실주의 _ 218

행복의 실체 _ 219

온전한 삶 _ 220

삶 _ 221

사랑 _ 222

느림의 빛깔 _ 223

PART 1

사랑 받을 수 있는 조건

성공이란?

자주, 그리고 많이 웃는 것
현명한 이에게 존경을 받고
아이들에게 사랑을 받는 것

정직한 비평가의 찬사를 듣고
친구의 배반을 참아내는 것
아름다움을 식별할 줄 알며
다른 사람에게서 최선의
것을 발견하는 것

건강한 아이를 낳든
한 평의 정원을 가꾸든
사회 환경을 개선하든
자기가 태어나기 전보다
세상을 조금이라도 좋은 곳으로
만들어 놓고 떠나는 것

자신이 한 때 이곳에 살았음으로 해서
단 한 사람의 인생이라도 행복해지게 하는 것
이것이 진정한 성공이다.

- 랄프 왈도 에머슨

뿌린 대로 거둔다는 진리.
사람의 정성스런 손길이 닿는 만큼 인간에게 유익한 것으로 돌려준다는 진리를
나는 고추와 옥수수를 심으며 느끼고 배운다.

1장

—

정성스런 손길이 닿는 만큼

가이아 마을

 사람들의 마음 한구석 꿈으로 자리 잡은 고향 같은 마을을 현실로 실현해 보고 싶다.

 도심에서 벗어난 산 아래 깨끗한 공기와 물이 있는 곳. 200여 평의 땅에 자그마한 평수의 집을 짓고, 손수 채소를 가꿀 수 있는 텃밭이 딸린 흙집마을.

 가능하다면 손수 흙벽돌을 찍고, 흙을 개어 바르고, 창호지를 바르는 집. 나무로 군불을 때고, 겨울에는 자그마한 벽난로와 화로가 있는 집. 깨끗하고, 따뜻하고, 정갈하며 간소한 살림 도구들이 있는 집.

 그 속에서 자연인으로 살며, 맹목적으로 달려온 삶에서 멈추어 잃어버린 본성을 회복하고 흙과 함께 사는 삶을 실현해 보고 싶다.

 구체적으로는 집집마다 전통음식이나 유기농, 자연염색, 도자

기 빗기 등 가내 수공업으로 한 가지씩 물건을 생산하며 살아가
는 마을. 함께 기도하며 현대 문명의 병폐를 극복하고 새로운 세
상 '가이야'를 열어 가는 그 곳.

고향 같은 그곳을 꿈꾸어 본다.

상생

곤한 잠에서 깨어나니 새벽 4시 50분.

여러 날 따가운 햇살의 맑은 날이 지속됐는데 오늘은 늦은 오후에 비가 내린다는 일기예보가 있었다.

우하하하….

작년에 심은 매실나무에 매실 한 개가 달렸다.

신기했다.

자세히 살펴보면서 소곤거려 본다.

"너는 뭐가 성급해서 일찍 나왔니?"

아침에는 나무 밑거름이 부족하다는 이웃 농부의 말을 듣고 복합 비료와 요소를 섞어 고추밭과 옥수수밭 포기사이에 정성을 들여 뿌려 주었다.

인간은 자연의 일부다.

매일같이 성장하는 농작물을 보면서 느끼는 것은 농작물도 생명이 있기에 "상생하고 싶다"고 표현한다는 것이다. 필요한 양분을 공급받고 잡초제거, 병해충방제를 요구하고 농부의 정성된 손길에 따라 풍성한 열매를 비롯한 모든 것을 인간에게 제공한다는 것이다.

뿌린 대로 거둔다는 진리.
사람의 정성스런 손길이 닿는 만큼 인간에게 유익한 것으로 돌려준다는 온갖 종류의 농작물에 정성을 쏟지 않고서는 아무것도 요구해서는 안 된다는 진리를 나는 고추와 옥수수에게서 느끼고 배운다.
건너편 옥수수 밭은 새순이 나오지 않은 것이 제법 많다.
산과 인접해서 산짐승들이 밭에서 잔치라도 했는지 비닐이 찢어지고 여기저기 구멍이 많이 나 있다.
꿩들이 생일 잔치라도 벌렸는지 아예 몇 고랑은 옥수수 씨알조차 찾아 보기가 어렵다.

이른 아침 고라니들이 이리저리 뛰어 다닌다.

봄을 재촉하며

아침 6시 20분에 눈이 떠졌다. 어제 밤 12시 30분경에 잠자리에 들었으니 여섯 시간 정도 꿈속에 있었던 것 같다.

이곳 토담집에서는 꿈을 꾸지 않는다.

매일같이 늦은 밤 12시에서 새벽 1시쯤 잠을 청한다. 어떤 날은 잠이 오지 않아 새벽 3시경에나, 어떤 날은 책속에 빠져 아침까지 밤을 지새워도 피곤하지가 않다.

오늘은 눈을 뜨자마자 벽난로에 남아있던 불씨로 불을 지피고 흔들의자에 앉아 명상에 들어갔다. 동쪽하늘에서 태양이 떠오르는 생각, 앞으로 행동으로 옮겨야 할 여러 일들을 마음속으로 정리하며 뇌리 속에 저장했다.

주섬주섬 작업복을 입고 집 밖으로 나갔다.

매우 찬 공기가 코끝과 귀를 얼얼하게 했다. 어제 걷어낸 더덕 비닐턱을 정리하고 더덕을 캐기 위해서이다.

삽을 땅속에 들이대니 언 땅이 풀리지 않은 듯 삽질이 되지 않아 더덕 캐는 일을 미루고 토담집 주변을 산책하기로 했다.

매우 쌀쌀한 기온이 주변의 식물들과 풀벌레들을 잠들게 했으나 나의 영혼은 맑아지는 것을 느낄 수 있었다.

돌고 돌아 가장 깊은 골짜기까지 발길을 옮겼다.

아직까지 겨울눈과 얼음의 흔적이 여기저기의 골짜기를 뒤덮고 있었고 나는 그 위를 조심조심 기분 좋게 걸었다.

기분이 상쾌해짐을 느낀다.

이곳은 산중이기에 아래 마을보다 기온이 2~3도 가량 차갑다. 저녁 무렵 벽난로에 불을 지피고 구들방에도 불을 한두 시간 정도 지펴서 실내기온과 바닥의 온도를 높여야 밤을 지새울 수가 있었다.

어제까지 힘차게 울어대던 개구리 울음소리가 그쳤다.

무슨 이유에서일까?

개구리 소리는 화음이 정확하다.

선두 개구리의 소리에 맞춰 일정한 소리를 낸다.

토담집 앞에는 논이 있어 개구리들의 화음을 자주 듣는다. 귀를 기울이고 있노라면 다양한 소리가 일정하게 들려옴을 알 수 있다.

어제의 소리는 급작스런 추위에 죽어간 올챙이들의 죽음을 추모하는 소리처럼, 오늘의 소리는 봄을 재촉하는 봄의 소리로 들려온다.

검은쟁이 산골의 봄

잠시 옮겨둔 진달래 나뭇가지 사이로 딱새가 날아와 앉는다.

우체통으로 만들어진 공간에서 생활하는 놈들인 듯 싶다. 자기 집으로 착각하고 지푸라기 등 여러 가지 재료들을 모아 움집을 틀고 그곳에서 알을 낳고, 품고 하여 부화를 시키는 과정을 여러 번 관심 있게 지켜봤다. 딱새들에게 훌륭한 안식처라 생각돼 우체통을 아예 놈들에게 양보했다.

검은쟁이 산골의 봄, 형형색색 사계절의 빛깔을 뽐내는 검은쟁이 산골마을의 봄이다.

조금은 늦게 봄과 여름, 가을과 겨울을 맞고 마을과 떨어진 깊은 산골짜기 터라 여름은 시원하고 겨울은 일찍 찾아온다.

골짜기의 마지막에 거처를 마련한 장씨 도사는 수년간 이곳에서 혼자 살았다고 자랑 삼아 말한다.

몇 해 전까지는 수양을 통한 마음공부를 하면서 많은 책들을 공부하기도 해 세상 사람들과는 어울리지 않는 생활을 적지 않은 기간 동안 했다고 한다. 머리는 조선시대 도령처럼 길게 늘어뜨려 꼰 모습의 그를 통해 시대를 풍류하는 장도령의 모습이 눈에 그려진다.

　이곳에 인연을 맺은 지도 사계절이 세 번이나 지나갔다.
　이제는 마을 사람들과 친근하게 지내며 가끔 소주 한 잔으로
시름을 달래기도 한다.
　이웃의 장도사는 자기주장이 강하고 현재 마흔네 살임에도 총
각이다. 순수하나 욕심은 좀 많아 보인다.

　마을의 청년회장은 이곳에서 태어나 줄곧 마을을 떠난 적이 없
는 토박이다. 바로 이웃집 처녀와 결혼하여 2남 1녀를 두고 있으
며 상대방을 배려하는 맘 씀씀이가 참 많은 것 같다.
　농사를 천직으로 알고 자두, 복숭아, 포도 등 과수와 브로콜리,
가지, 옥수수, 깨 등의 밭농사와 벼농사 등 농사를 많이 짓는 마
을의 대농부이다. 자기만의 고집이 강하고 변화보다는 자기 안주
의 외고집형이며 부인인 장씨 아줌마는 성격이 깐깐하고 대인관
계가 원만하나 욕심이 많은 편이다.
　남편을 도와 농사일을 아주 열심히 하며 큰 아들은 대학에 다
니는 법학도이고, 둘째는 직장인으로서 얼마 전 월세방 보증금
마련하느라 힘들었다고 말한다. 셋째는 강천초등학교에 다니고
시어머니를 모시고 있으며 옆집 친정에 부모님이 거주하고 계신
다.
　어느덧 이곳 산골마을에도 봄 손님이 말없이 찾아 왔다.

농사 준비

단비가 내린다.

사람들의 메마른 가슴에, 말라 있는 대지위에 촉촉이 적셔진다.

주변의 초록 빛깔의 산천초목들은 진초록의 푸르름의 모습으로 자태를 뽐내며 흔들거린다.

수분이 필요할 때 물을 공급해 주고 푸른 나무들은 인간에게 필요한 피톤치드를 뿜어내는 자연의 섭리가 경이롭게만 느껴진다.

주변의 논에는 모들이 심어지고 이웃 마을의 조반장은 밤늦게까지 트랙터로 논을 갈아엎는다.

밤이 되니 개구리의 화음이 밤잠을 설치는 나를 곤히 잠들게 했다. 귀 귀울여 들어 보면 각자의 소리가 음에 맞춰 재잘거림이 즐거움을 더해 간다.

촛불 두 개에 아주 편안한 식탁에서 희미하게 보이는 작은 글씨는 뇌리에 쏙쏙 들어온다.

　농사철이 되었다.

　밑거름을 펴고 조반장과 새마을지도자와 함께 밭을 갈고 두둑을 쌓고 비닐을 씌었다. 진딧물 약을 흙에 섞어 골고루 뿌린 후 고추와 옥수수를 심었다. 마을 아주머니 두 분과 지인 두 명이 서울서 내려와 땀 흘리며 함께 일하니 기분이 상쾌했으며 두 분의 아주머니는 능숙한 솜씨로 호흡을 맞춰가며 척척 심어 나갔다.

　점심때가 되어 삼겹살 조금 넣고 묵은지에 찌개를 끓이니 아주 맛나는 찌갯거리가 되었다.

　일손을 도와주겠다고 달려온 새마을지도자와 치악산막걸리 한 잔 곁들이며 풍성한 점심식사를 마쳤다.

　가뭄을 걱정했는데 제때에 비가 내렸고 오늘도 적기에 비가 내려 하늘님께 감사 드린다.

　심은 고추골 사이에 약간의 제초제를 뿌리고 고춧대를 세워갔다. 200개 정도 예상했는데 350개의 고춧대가 필요했다.

　면소재지에 있는 농약사에 들려 "왜 농사짓는데 돈이 많이 들어가느냐?"고 푸념 섞인 한 마디를 하고 진딧물 약, 제초제, 고춧대를 사 가지고 돌아왔다.

천여 평의 산에는 매실나무 150주, 이팝나무 100주를 식재했다.

처음에는 많은 손길이 필요치는 않았다.

작년에 심은 매실나무가 제법 커서 이제는 내 키보다 컸으며 초록의 잎새는 나를 흐뭇하게 했다.

예년에는 적기에 해충제를 살포하지 못해 깍지벌레와 진딧물이 나뭇잎을 모두 갉아 먹었으나 올해는 병해충 예방 관련 책을 한권 구입하여 제때에 약을 치니 아주 튼실하게 성장하는 모습이 눈에 들어온다.

이곳 산골에서는 아침 5시경이면 여지없이 눈이 떠진다.

잠시 명상을 하고 하루의 일과를 머릿속으로 정리한다.

괭이와 삽을 들고 내 손길이 필요한 이 밭과 저 밭에 애정의 기운을 심으며 대화한다.

참으로 고요하다.

참으로 아름답다.

참으로 놀랍다.

이 자연에 감사함을 전한다.

고추농사

여름철 농사 중에 제일하기 힘든 일을 고르라면 단연 고추를 키우는 일이라 말하고 싶다.

따가운 햇살 아래 땀과 고추밭의 열기로 사우나 하며 익은 것, 덜 익은 것, 생각해 가며 골라 따고, 고추 잎새와 씨름하고, 좁고 어정쩡한 고랑사이를 왔다 갔다 지나 다녀 보면 짜증이 물밀듯 몰려오고, 온몸은 땀으로 흥건히 젖는 것이 고추농사의 일상이다.

오늘은 고추밭을 매었다.

촘촘한 고춧대 사이사이로 허릴 구부려 풀을 뽑아줘야 하는데 좁은 통로에서는 자세도 안 나오고 진도도 안 나가고 수확까지 며칠 남지도 않았는데 풀을 뽑아줘야 하는가 하는 회의감 속에서 햇빛은 또 왜 그리 따갑던지 아무튼 여름에 제일 힘든 농사일이 고추농사일이라고 농사짓는 분들이 이구동성으로 말하는 이유를 이제야 조금은 알 것 같다.

고추를 따는 것은 수확의 기쁨에서 오는 성취와 쾌감이며 좀 더 나은 즐거움으로 보여 지는 것이 피부로 느껴진다.

아무튼 지금 허리가 무지 아파서 잠도 못자고 있다.

왜 밭고랑을 좀 더 넓게, 그리고 허벅지 높이까지 높여 하지 않았는지 모르겠다.

몸을 움직여야 하는 육체적 노동이나 마음을 써야 하는 심리적 고통은 세상살이에서 마땅히 감수해야 하며 필요하다고 하겠다.

현대식 개발과 도시화의 파고를 겪지 않을 곳, 가장 늦게 이러한 변화를 맞이하게 될 이곳에서 입식농사 짓는 그 날까지 끊임없이 노력하는 상농이 되도록 노력해야겠다.

봄비

오랜만에 고대하던 봄비가 내린다.

메말라 있던 대지, 수많은 꽃들과 나무들이 흠뻑 몸을 적시며 방긋 웃음을 자아낸다. 하나, 둘, 셋 주변의 산들은 형형색색 저마다 자태를 뽐내며 최상의 모습을 자랑한다.

이곳 오갑산 자락은 울긋불긋 그야말로 황홀한 지경에까지 이른다.

완연한 봄이 왔다.

이제는 봄기운이 사람들을 바쁘게 움직이게 한다.

브로콜리는 일찍 밭에 심어지고 고추 모종, 가지 모종, 호박 모종을 비닐하우스에서 조심조심 가꾸며 살구나무, 복숭아나무 전지를 하고 소독을 한다.

지금은 유실수에 꽃이 피는 시기인데 병충들이 꽃에 알을 까게 되면 가을의 수확시기에 겉은 깨끗하고 먹음직스럽지만 한 입 물으면 속에는 유충이 들어 있거나 썩기 때문에 적기에 소득을 해야 한단다.

오늘은 마을의 조반장 볍씨 모판 작업일을 오전 내내 도왔다.

하나, 둘, 셋, 넷, 다섯, 여섯….

이런 저런 한두 마디 건네는 사람까지 합치면 열 명이 넘게 볍씨 모판일에 동참했다. 나는 맨 마지막 코스인 모판을 날라 쌓는 일을 맡았다. 무겁지만 사람들과 함께 하는 농사일이라 힘들게 느껴지지 않았다.

봄비가 제법 굵게 떨어진다.

오래간만의 봄비라 비를 맞으며 뒷정리를 했다.

구수한 동태찌개에 밥 한 그릇을 해치우고 밖으로 나오니 봄비가 제법 세차게 내린다.

이런 것이 사람 사는 멋인가 ?

이런 것이 사람 사는 재미인가 ?

오후에 나무 한 그루를 옮겨 심을 계획을 세웠지만 봄비가 계속 내리기에 목욕탕에 가서 땀을 씻고 돌아와 봄비와 함께 충분한 쉼을 가졌다.

고추나무

아침 6시경 이불을 가지런히 정리하고 편안한 작업복 차림으로 고추밭을 향했다. 긴 소매의 셔츠를 입고 긴 츄리닝 바지에 긴 장화를 신고, 챙이 긴 맵고모자를 쓰고 털털 걸으니 어느 농부의 모습과 비슷하다.

비료 푸대 자루 대여섯 개를 들고 고추밭에 다다르니 다닥다닥 맺혀준 고추들이 고맙게 느껴진다.

고추는 나무에서 열린다.

잘 익은 붉은 고추를 따내고 또 따내도 계속해서 고추는 나무에 열린다. 꽃들은 연이어 피고 지고, 벌들은 계속해서 날아다니며 수정을 한다.

잘 생긴 고추를 따내서 상품은 선별하여 마을 한가운데 서있는 느티나무 아래로 가져가 잘 쌓아 놓으면 오후 4시경쯤 조합 물류 차량이 실어가 서울의 농산물 센터에 경매로 넘겨져 소비자에게 돌아간다.

상품성이 떨어지는 고추는 모아서 동네 형님으로부터 빌린 비닐하우스에 가지런히 2~3일 말리면 태양초가 된다.

올해 농사는 고추 300평, 옥수수 200평 정도 심었다. 매일 아침 모종을 살피고, 일으키고, 소독하고 관심을 갖고 관리를 했다.

그러나 장마비에 상당부분이 쓰러지고, 심지어는 고라니, 멧돼지가 옥수수의 전부를 해치워 먹어 버렸다. 겨우 몇 개의 옥수수로 맛만 보는 일이 벌어졌다. 산짐승들도 잘 익은, 튼실한 농작물만 골라 먹는다.

참으로 기가 막힐 일이다.

고춧대를 자세히 살펴보면 튼실하고 좋은 고추들은 벌레들이 많이 덤벼드는 것을 볼 수 있다. 고추를 수확하여 박스에 담고 포장을 하는데 나는 박스 위에 이런 글귀를 써 놓고 싶은 충동이 매일 생겼다.

"이 고추는 양심고추입니다."

대부분의 농민들은 농약을 많이 사용하는 것을 목격한다. 어떤 농민은 열 번 이상, 비 온 후 한 번씩, 수확 후 한 번씩 농약으로 소독을 해야만 상품성 있는 좋은 고추를 딸 수 있다고 주장한다.

나는 내가 먹는 고추라 생각해 최소의 소독만 약하게 한두 번 한다. 등짐에 지는 분무기를 사용하여 소독을 하는데 양 어깨는 빠질 것 같고 땀은 비 오듯 쏟아진다. 그래서인지 고추가 대부분 상품가치가 없어 보이고 크기도 작다. 그런데 고추가 잘 열리는 것을 보면 흐뭇하고 행복하다.

농사일 한다고 농사일지를 쓰는데 도대체 뭐 이리 필요한 게 많은지 돈이 많이 들어간다. 모종구입, 밭 갈기, 퇴비구입, 비닐 씌우기, 비료, 고춧대, 소독약 구입 등 벌써 100만 원이 넘게 지출이 됐다.

고추 300평 농사일을 해서 과연 얼마의 소득이 있을까?
그런데도 기쁜 맘으로 고추를 따고 있노라면 아무 생각이 들지 않는다. 그저 편안하고 즐거울 뿐이다. 뜨거운 태양볕 아래 땀으로 온몸이 흠뻑 적셔졌다.

이제는 잠시 쉬면서 땀을 닦고 열기를 식혀야겠다는 생각에 나무 아래로 뚜벅뚜벅 걷는다.

꿈을 현실로

어느덧 산중생활에 인연이 닿은 지도 4년이란 세월이 흘러갔다. 구체적이지는 않았지만 내 맘속에 깊이 자리 잡고 있었던 소박한 삶.

나는 그 꿈을 현실로 실현했다.
사람들의 마음 한구석에 자리 잡은 고향에서의 소박한 삶.

산이 이마에 닿을 듯한 산골마을에는 깨끗한 공기와 물이 있다. 100여 평의 땅위에 자그마한 평수의 흙집을 지었고, 텃밭에는 싱싱한 채소들이 자라 나를 감동케 하고 만족감을 느끼게 했다.
흙벽돌을 찍어 벽을 쌓았고, 흙을 개어 미장을 했다. 문틈은 창호지를 발라 방풍과 한지의 은은함을 더 했다.
구들을 놓아 나무로 군불을 지피고, 겨울에는 자그마한 벽난로를 설치해 추위를 피했다.
살림도구들은 필요한 것들만 최소로 장만하고 주변을 깨끗하고 정갈하게 정리했다.

가끔 지인들이 방문하면 이구동성으로 꿈에 그리던 공간이라고 부러워들 한다.

누구나 한번쯤 일탈의 꿈을 꾸지만 현실로 실현하는 사람들은 그리 많지 않은 듯하다
천직이 농부였던 아버지는 나에게 농사꾼이 되는 걸 원치 않으셨다.
그 마음 씀이 주마등처럼 지나간다. 중학생이었을 무렵에는 아버지의 농사일을 도우려 밭에 나가 일을 거들기도 했고, 논에서 모짐을 나르기도 했던 기억들이 스쳐간다.
그 기억들을 되살려가며 이곳 산골에서 처음으로 농사일을 직접 해 보았다.

20여 평의 텃밭에는 상추와 토마토, 참외, 호박, 무를 심어 아무 때나 먹고 싶은 대로 따먹으며 만족해 하면서 땅의 소중함도 다시 한번 느꼈다.
500여 평의 밭에는 고추와 옥수수를 심었는데 혼자서는 힘에 부쳐 동네 청년들의 손길을 빌어 함께 심고, 함께 수확을 했다.
옥수수 씨 한 톨이 성장하는 것, 고추가 커나가는 것을 눈으로 매일 매일 보면서 신기하기도 하고, 흡족해 하기도 하면서 자연과 더불어 사는 것이 평화롭고 행복하다는 생각을 하게 됐다.
옥수수는 처음 심는 작물이었지만, 매우 잘 컸고 병충해도 없

어서 수확은 아주 좋았다. 흠이라면 알이 작아 상품성이 좀 떨어지는 것이었다. 농작물 관리에 제법 시간이 많이 필요하고, 뜨거운 태양볕의 여름날 하루 종일 땀으로 목욕을 하며 1톤 차량의 짐칸 가득히 수확량을 올릴 수 있었다.

어찌할까 생각하다 돈으로 계산하면 얼마 안 되지만 교회 선교원에 보내주기로 결정하고 전달해 주었다.
직접 땀 흘리며 수확한 농사의 결과물이라서 그런지 마음 또한 매우 뿌듯했다.

황토흙집 주변에는 3년에 걸쳐 식재한 매실나무가 잘 자라고 있다. 500여 평에 150주를 심었는데 겨울이 오기 전 동해 방지를 위해 나무주변에 퇴비를 주고 며칠 전에는 나뭇가지를 잘라 틀을 잡아 주었다.
깊은 산중임에도 농약을 치지 않으면 농산물 수확이 힘들다고 하는 인근 주민들의 입담에 마음이 씁쓸했다.
농작물의 겉모양이 예쁘고 잘생긴 것들이 농약을 많이 친 것들이라 하니 안타까운 현실이다.

농약을 전혀 안치고 작물을 재배하려 했지만 그 생각은 잠시, 온갖 병충들이 달라붙어 갉아 먹고 흠집을 냈다.
어떻게 해야 할 것인가?

전혀 농약을 쓰지 않고는 안 된다고 하니, 최소한의 농약을 쓰는 수밖에 별 도리가 없는 듯하다.

고민 끝에 올해는 고추와 표고버섯을 해보기로 맘 먹고, 겨울 내내 참나무 표고버섯 목 150본을 마련해 놨다. 인터넷 서적에서 자료를 찾아 표고버섯 재배 방법을 숙지하고 길이 120센티미터 직경 20센티미터의 참나무를 잘라 그늘에서 말리고 있는 중이다.

소박하고 단순한 삶을 통해 맹목적으로 달려온 내 삶의 속도를 멈추고, 잃어버렸던 나의 본성을 되찾고 싶다.
말없는 노동 속에서 자연과 함께 동화되는 삶을 통해 행복을 누리고 싶다.

현대 문명의 병폐를 극복한 영혼의 맑음과 평화로움과 육신의 건강함이야말로 인간 본연의 삶의 모습이 아닐까 생각해본다.

초복

초복이다. 바람이 세차게 나부낀다.

어지러운 세상의 답답함을 날려 보내려 힘차게 불어대니 나뭇가지들이 바람살에 이리 저리 흔들어 대는 모습이 한 폭의 그림처럼 생생하게 그려진다.

이곳 산골의 바람 소리와 비 소리는 매우 거대하다.

며칠 전부터 장마비가 시작됐는데 오늘은 유달리 매우 비바람이 세차다. 라디오에서 호우경보니, 호우주의보니 하는 소리를 들으니 많은 비가 내리긴 내리는가 보다. 이곳 충주의 산골은 겨울날씨가 그리 춥지도 않아 비가 많지도 않았는데 올해는 유난히도 비가 많다고들 농민들은 이구동성으로 말한다.

집주변에 심은 고추는 대부분 30도 이상 좌우로 제멋대로 기울어졌고, 옥수수는 모두 쓰러졌다. 봄 내내 정성들여 심고, 소독하고, 풀을 뽑았는데, 잠시간의 자연의 숨소리에, 대자연의 섭리 속에서는 아무 일도 없었던 듯….

뜨르르 뜨르르 휴대폰 벨소리가 울린다. 마을의 조반장한테 전화가 왔다. 초복이라 삼계탕을 끊였는데 내려와 함께 먹자는 것이다.

고마웠다. 고맙다는 말을 전하고, 소주 몇 병을 들고 조반장 집으로 향했다. 구수한 삼계탕에 소주잔 기울이며, 세상 돌아가는 이런 저런 이야기를 나눈다.

전형적인 농촌지역이라 주로 농사일과 관련된 대화가 주제가 된다. 농사 일정과 서로 하는 농작물에 관해 정보를 교환하고 가끔은 정부의 농업정책에 대해 각자의 의견을 내놓는다.

3년째 농사를 짓는다.

올해는 이곳 저곳의 텃밭과 새로 일군 밭이 제법 된다.

천여 평 정도 되는데 고추, 옥수수, 매실이 주작목이고 텃밭에는 토마토, 참외, 상추를 심었다. 작물관련 서적들을 탐독하고 정성들여 심고 관심을 많이 가졌는데, 순간의 비바람을 이기지 못하고 모두 쓰러졌다. 속상하다.

쓰러진 고춧대를 일으켜 바로 세워본다.

밭 옆의 작은 계곡은 오랜만에 시원하게 흐른다.

발을 담가 본다.

뜨거운 머리를 담근다.

몸을 담근다.

매우 시원하다.

가슴속, 머릿속까지 시원하다.

가을

언제부터인지 시계가 참으로 바쁘게 돌아가는 느낌이 든다.

차 한 잔의 여유도 없이 가을의 끝자락에 와 있으면서도 가을을 느끼지 못하고 사는 내 모습에서 한숨의 연속이다.

엊그제 같기만 했던 학창시절에는 여기저기서 가을을 한껏 만끽하고 낙엽에 시 한수 적어 코팅까지 해 가며 책갈피에 보관했던 순수한 시절의 기억이 있었는데 어느덧50대 초반인 지금은 그런 감성이 메마른 건지 아니면 없는 건지 너무나 무감각해진 내 모습에 씁쓸한 공허감마저 느낀다.

계절이 바뀐다는 사실을 어디에서 느끼는가?

파란 가을 하늘, 거리의 노랑 은행나무잎, 차창 밖 풍경이 스치듯 계별을 보내길 몇 해를 반복해 오면서 계절이 주는 설렘마저 희미해져 가고 있다

무성하게 우거진 플라타너스 나무를 오르락 내리락 하던 청솔모, 단풍나무, 은행나무의 모습 속에 내 현실의 가을은 낭만이나

추억을 말하기보다 입동을 맞이하기에 바쁘지만 그래도 이 가을
에 감사함을 느낀다.

까마득한 추억은 아니지만 내게도 낭만 가득한 순수한 가을이
있었고 이제는 두 아이에게 "가을 하늘을 보면서 추억을 만들어
보려무나"고 말해 본다.

마음 속에 가을의 추억을 많이 담아보라고 말이다.

어느 농부의 마음

가을볕 아래서 누렇게 익어가던 벼를 보며 흐뭇해하던 농부는 느닷없이 쏟아지는 장마비를 보며 발을 동동 구른다.

풍성한 수확을 거둬 겨울을 나고 내년을 준비하려 했던 농부는 쓰러진 벼를 바라보며 망연자실할 수밖에 없다.

농부는 자꾸 슬퍼진다.

논도, 집도 다 잃었는데 날은 자꾸만 서늘해져 간다.

추석이다 뭐다 해서 흥청거리는 사람들의 관심도 자꾸 멀어져 가기에 서러운 마음이 든다.

여름의 수재보다 더 힘든 것이 바로 가을에 남겨진 수재의 상흔을 혼자 감당해야 하는 현실이다.

농부는 이 시간에도 누군가의 손길을 기다리고 있을 것이다.

비가 내리고 나면

눈이 떠졌다.

시계를 들여다보니 6시가 조금 안 됐다.

희미함 속에 잠시 눈을 감고 명상에 잠긴다.

떠오르는 일상의 움직임들, 오랜만에 나타나는 친구의 얼굴, 처와 지은, 지희 두 딸의 얼굴에서 어떤 존재감을 느낀다.

자리에서 일어나 덮고 있던 이불을 가지런히 정리한 후, 집 마당으로 나갔다. 풀벌레 소리와 잠자리가 저마다의 색깔과 소리로 춤을 추며 노래한다. 텃밭에 심은 토마토와 참외 2개를 따서 아침식사 대신 맛있게 먹었다.

어제 밤 내린 늦여름비가 고춧잎을 촉촉이 적셔 고추가 튼실하게 잘 익어 가는 것을 눈으로 확인했다. 자연의 섭리 가운데 식물들은 성장하고 또 흔적 없이 사라지는 것이 세상의 이치이건만 왜 많은 사람들은 고통 속에서 자기만의 카테고리 속에서 아옹다옹 하다가 사라져 가는가?

비가 내리고 나면, 생동하는 천하 만물의 모든 것들은 자라고, 퇴색하고 마침내는 흔적도 없이 사라져 이후에 전개되는 만물의 이치에 순응한다.

삶이 왜 복잡하고 걱정될까 ?

사람들은 사회가, 자신의 미래가 내 마음대로 변해주길 원하기 때문이다.

복잡한 것은 세상이 아니라 내 머릿속이며, 고통의 아픔 정도는 성장을 위한 약으로 긍정할 필요가 반드시 있다.

오래 살기보다는 즐겁게, 행복하게 사는 것이 중요하다.

첫서리

세상의 아침은 고요하다.

온통 만물이 숨을 죽이고 엎드려 있는 듯 조용하기만 하다.

깊은 산골의 산야에 첫서리의 손님은 이렇게 세상의 요란함과 잡다함을 평정하고 조용히 다가왔다.

첫서리는 나무들에게 쉼을 주고 대지에는 숨구멍만 남기고 하얀 흔적으로 덮어 버렸다. 사람들에게 서두르지 말라고, 천천히 움직이라고 무언의 메시지를 남겼다.

첫서리의 흔적이 여기저기 그림을 그리듯 풀어진 굴뚝에 나는 연기 같이 솟아오르고, 사람들은 저마다 이리저리 바쁘게 움직이며 봄을 기다린다.

어디선가 딱새 무리가 달려와 힘껏 지저귀면서 겨울의 먹잇감을 찾는 모습은 귀엽기만 하다.

첫서리,

첫서리는 무엇을 의미하는가?

첫서리는 나보고 조용히 살라고 한다.

첫서리는 나보고 숨죽이며 살라고 한다.

첫서리는 나보고 자신을 찾으라고 한다.

첫서리는 나보고 침묵 속에서 답을 얻으라 한다.

눈꽃

눈꽃이 폈다.

모든 나무들이 흰 소복으로 옷을 갈아입어 내 눈을 감탄케 한다. 어쩌면 이렇게 아름다울 수가!

눈꽃나무들이 겨울 햇살과 어울려져 빛을 발산하면서 최고의 멋진 자태를 뽐낸다.

검은쟁이 산간마을의 아침, 저녁은 어느 동네에서 볼 수도 없고 느끼지 못하는 정겨운 풍경과 아름다운 산촌의 진면목을 볼 수 있다.

달달거리는 경운기를 이끌며 구들장 데우는 나무땔감을 준비하는 동네 아저씨의 얼굴에서는 여유와 정겨움이 느껴지고, 하늘 높은 줄 모르고 치솟는 기름값을 더 이상은 감당하지 못하겠다며 그동안 모아 두었던 통장 적금을 깨서 화목보일러로 대체하는 동네 아주머니의 모습에서 순수함과 솔직한 인간애가 느껴진다.

이곳에서의 생활은 환경의 변화가 큰 탓이어서인지 참으로 여유롭고 평화롭기만 하다. 아침 일찍 가까운 산, 먼 산을 내다보며 깊은 숨을 내쉬는 명상으로 하루를 시작한다.

뒷산에 올라가 겨울 내내 간벌해 놓은 수많은 종류의 나무들을 하나 둘씩 굴리고 들어 모아서 뒤뜰의 나무 창고에 쌓았다. 내가 머무르는 산중의 흙집에는 전기나 기름보일러가 없기에 겨울을 나기 위해서는 많은 나무들이 필요하다. 산중턱까지 올라가 나무들을 들어 내리고 일부는 실내 벽난로에서 쓸 수 있도록 톱으로 잘라 보관한다. 잘라지는 나무 톱밥 냄새가 무척이나 신선하고 구수하게 느껴진다.

잠시 눈을 감고 앉는다.

잡다한 생각들이 무수히 떠오른다. 흘려보내려 하지만 밀려오는 생각들은 쉽사리 머릿속에서 떠나지 않는다.

눈을 뜬다.

머리가 맑아짐을 느낀다.

아침식사는 벽난로에서 구운 호박고구마 3개로 배를 채웠다. 속도 편안하고 몸도 가뿐하다. 그래서 나는 호박고구마를 주식으로, 간식으로 자주 먹는다.

12시쯤이 되었나. 마을의 청년회장 박광배 씨에게 전화를 했다. 한참이나 울리더니 전화를 받는다.

"안녕하세유?"

"댁도 안녕하슈?"

"점심 한 끼 같이 할까 하는데 괜찮으시면 우리 집으로 오시죠?"

"뭐 맛있는 것이 있길래 나를 부르시나?"

"맛나는 것 있으니 빨랑 오세요!"

"그러지 뭐, 내 금방 가리다."

며칠 전 토담집에 놀러 와서 전기 설치가 안 되어 있는 걸 보고 "답답해서 어떻게 생활하쇼?"하길래, "저는 불편하지도 않고 익숙해진 것 같아요."하니, "내일 시내 나가 밧데리와 전선만 구입하면 희미하지만 작은 전구 두 개는 켤 수 있을 텐데….".라고 했다.

다음 날 청년회장과 함께 감곡시내에 나가 밧데리와 전선, 스위치를 구입했고 청년회장은 직접 작업을 해서 불을 밝혔으며 "이런 전기 작업도 못하느냐?"라는 소리와 함께 내 눈치를 살폈다.

전기 설치에 대한 고마움과 관심, 그리고 신년하례 겸 그를 초대하여 점심을 함께 나누었다. 메뉴는 한방오리, 양념이 다 된 것이니 끓이기만 하면 됐다. 끓는 냄새가 얼마나 고소했는지 군침이 돌았다.

오리 한 마리에 아침이슬 한 병을 마셨다.

오랜만에 느껴보는 맛있는 점심이었던 것 같다.

마을로 걸어서 내려갔다.

마을까지는 1200미터 거리 정도의 비포장길이다.

정겨움과 자연스러움의 꾸불꾸불한 길을 걸어 첫 번째 왼쪽집이 청년회장 집이다. 부녀회에서 불우이웃돕기 기금 조성을 위해 미역을 판매한다고 해서 두 개를 받아 옆구리에 끼고 마을회관을 지나 눈에 들어온 아담한 집으로 들어갔다.

그 집은 내가 처음 이 곳에 터를 잡으면서 어떤 형태의 집을 지을까? 생각하면서 오가던 중 일찌감치 눈에 들어온 정감 있는 집이다. 마을의 아래쪽에 있는데 집앞 길과 조경석 등이 크지 않는 것이 맘에 쏙 들어 '언젠가는 꼭 한번 들어 가봐야겠다'고 생각했는데 오늘에서야 마당을 밟아 본다.

여름에는 넝쿨장미가 집 입구와 대문 주변을 감싸면서 운치를 이루었는데 겨울이라 그런지 조금은 썰렁하게 느껴졌다. 따뜻한 커피와 사과를 깎아 내주시는 아주머니는 전형적인 농촌 주부였는데 '시골농사가 어려웠으나 지금은 인터넷 카페 개설을 통해 농산물 판매 홍보를 했더니 직거래가 제법 늘어 생활이 많이 좋아졌다'고 하면서 카페 주소가 적힌 명함을 나에게 한 장 건네주었다.

〈여름농장〉, 복숭아, 애호박, 즙의 내용이 적힌 멋진 명함이다.

이 마을의 포도, 자두, 복숭아, 쥬키니 호박, 가지, 고구마, 브로콜리 등의 농산물은 매우 친환경적으로 재배되고 있으며 벼농사는 전혀 농약을 사용하지 않아 나도 애용하고 있다.

꽃샘추위

하늘 공간이 뿌옇다.
중국에서 날아온 황사 때문이라 한다.
저녁 무렵이 되니 주변이 많이 맑아졌다.

지게를 지고 산 중턱에 지난번에 모아놓은 땔나무를 지고 뒤뚱
뒤뚱 산을 내려 왔다. 땔나무를 모아둔 헛간에 차곡차곡 쌓아 놓
으니 뿌듯함을 느낀다.

이곳 산골에서의 난방은 약간의 육체노동을 통해서 얻어지는
땔나무를 사용한다. 방바닥에 구들을 놓았기에 땔나무는 많이 필
요하다. 겨울 내내 불을 지폈더니 꽤 많은 땔나무가 필요함을 느
꼈다.

벽난로는 거실에 있어서 참나무만을 사용하는 것을 원칙으로
했다. 그 이유는 불씨가 오래가고 재가 남음이 없이 깨끗하여 난
로 내부 청소하기도 편리하고 화력이 좋아 쾌적함을 더해 주기
때문이다.

며칠 동안의 꽃샘추위는 지나가고 완연한 봄이 찾아 왔다.

농촌은 바빠지기 시작한다.

비닐하우스 내에서 모종한 브로콜리가 이제는 밭으로 옮겨져 심겨지기 시작한다. 가장 먼저 심어 수확이 빠른 브로콜리는 이모작을 할 수 있는 작물로서 농부들에게는 효자 농작물이라 할 수 있다.

작년에 사용했던 비닐을 걷어내고 밭 주변 정리와 풀을 뽑고 태우기에 매우 바쁜 모습들이다.

겨울산의 진미.

산골에서만 느낄 수 있는 시원한 정취.

이렇게 자연은 그 자리를 지키며 자기의 소임을 다 했을 뿐인데, 사람들은 자연을 영원히 소유할 것인 양 분쟁과 다툼을 거듭하고 있으니 이 얼마나 어리석은 생각이란 말인가?

골짜기 트인 곳부터 해가 비추기 시작한다. 앞으로 앞으로 밝게 투명하게 비추기 시작하더니 어느새 주변 모두에게 광명하고 웅장한 모습을 완연히 드러낸다.

선녀와 나무꾼

군대를 갓 전역할 무렵의 일이다.

우연히 길을 걷다가 학창시절 독서실에서 우연히 알게 된 여자 친구를 만났다. 여자 친구가 없었던 내가 사회에 첫 발을 디딜 때 가장 부럽게 느껴지는 것 중의 하나가 쌍쌍으로 다니는 연인들의 모습이었다.

우연히 만나 좋은 인상을 심어준 그날의 그녀는 마치 선녀와도 같은 존재처럼 내 마음 속에 자리 잡고 있었다.

바쁘다는 그녀를 붙잡고 다음에 만나자는 약속과 함께 그녀의 연락처를 꼬치꼬치 물었다.

그녀는 볼펜과 메모지를 꺼내더니 작은 메모지에 무어라 적으며 잠시 멈칫멈칫 하다가 나머지 글자를 쓴 후 주말에 연락하라는 말과 함께 건네주는 것이었다.

그녀를 만난 날이 수요일이니 삼일 후면 만날 수 있으리라는 기대에 밤잠을 설쳤다.

하루가 삼 년처럼 길게 느껴졌고 그녀를 만나기 위한 삼일 밤이 삼 년간의 군 생활보다도 더욱 긴 듯 싶었다.

드디어 기다리고 고대하던 만남의 날 토요일이 되었다.

잠시 두 손을 모아 합장한 후, 숨죽이며 수화기를 들어 그녀가 적어준 전화번호를 눌렀더니 친절하게도 "지금 거신 전화번호는 없는 전화번호이오니 다시 한 번 확인 후 다시 걸어 주시기 바랍니다."라는 안내방송이 나오는 것이었다.

두세 번을 시도하였지만 예쁘게 생겼을 것 같은 안내 아가씨의 똑같은 말만 반복될 뿐이었다.

그날 저녁 허탈한 마음에 일기를 썼다. 쓰고 보니 한편의 시가 되었다.

'나 보기가 역겨워 틀린 번호를 주셨나요.'

몇 달이 지났을까, 우연히 다방에서 그녀와 마주쳤다.

난 자존심이고 뭐고 주변 분위기를 의식치 않은 채 그녀를 아는 척 했고 그녀는 예상치 못하게 상냥하게 나의 인사를 받아 주었다.

함께 자리한 친구들은 아랑곳 하지 않고 혼자 있는 그녀의 테이블로 가서 용감히 털썩 주저앉았다.

"요즘 뭐하고 지내냐?"

따지듯이 물었더니 그녀는 화들짝 놀라며 이사한 지 하루밖에

안 돼 새로운 전화번호를 잘 기억치 못해서 잘못 적어 준 것 같
다고 하면서 미안해 하였다.

   그때까지 그녀의 말을 믿지 않았으나 다시 적어준 그녀의 번호
는 예전에 적어준 번호와 비슷했으나 끝자리가 잘못 씌어져 있
었다.
   난 그때서야 그녀가 최초에 번호를 적으면서 멈칫했던 이유를
알게 되었다.

   그 후 하루에도 몇 번씩 그녀와 전화 데이트를 하고 음성 메모
를 남기면서 지내게 되었다.

   오늘도 그녀에게서 한 통화의 음성메시지가 녹음이 되어 있었
다.
   결혼한다고…….
   행복하라고…….

청춘 여행

　비가 부슬부슬 내리는 가운데 한참 동안 차를 몰고 달려갔다.
　얼마나 갔을까? 멀리서 찐하게 몰려오는 꽃향기에 진해가 가까워짐을 느낄 수 있었다. 무박 2일이라는 짧은 일정의 여행이라 조금은 부담스러웠지만 도착하여 차에서 내렸을 때에는 나도 모르게 가슴이 설렘을 느낄 수 있었다.

　달리는 차 안에 있을 때엔 비가 내렸는데 진해에 도착하여 땅을 디디니 신기하게도 비가 그쳤다. 내가 잠시 쉬어 감을 눈치챘나 싶다.

　해군사관학교를 들러 보았다. 용맹스런 모습으로 나를 맞아주는 거북선에는 해군 장병의 씩씩한 기상이 역력히 배어 있었다. 또한 함선이 정박해 있는 모습은 영화의 한 장면을 보는 듯했고, 함선의 강렬한 무쇠 색깔은 왠지 으스스한 기분마저 느끼게 해주었다.

　봄빛이 깔려있는 진해 앞바다에 그런 무쇠덩어리가 떠 있지 않으면 안 되는 것이 우리의 현실이라는 생각이 마음 한 구석을 무겁게 눌러왔다.

멀리 바라다 보이는 장복산이 비 때문에 뿌옇게 보이는 줄 알았는데 사실은 벚꽃이 만발하여 그렇다는 것을 알고 나도 모르게 탄성이 나왔다. 가까이 가보니 산 전체가 온통 꽃 잔치다. 도저히 입을 다물 수가 없을 정도로 정말 아름답고 풍성하게 보였다. 굽이굽이 산길을 돌아가며, 하얀 꽃들을 이고 나무들이 터널을 이루고 있었다.

짧은 시간이었지만 사랑스러움의 감동을 느꼈던 도시, 진해를 뒤로 하고, 억새와 진달래를 가득 안고 있는 창녕군의 화왕산으로 출발하였다.

다시 비가 내리기 시작했고, 나는 뿌연 숲 속에서 안개를 가르며 산행을 시작하였다. 화왕산 산행은 그리 어렵지 않으며 산 속에 진달래가 너무 예쁘고 많아서 '환장고개' 라는 이름이 붙여진 산 중턱이 있다는 얘기를 들었다.

산자락의 초입에 주변의 경관과 잘 어우러진 산장에선 통기타 음악이 흐르고 향기로운 차 내음이 나의 발길을 멈추게 하였지만, 과감히 뿌리치고 산을 오르기 시작했다.

등산하는 사람들 중에는 완벽한 등산복 차림과 등산화에 지팡

이를 저으며 혼자 산행을 하는 육십대 중반의 멋진 분도 계셨다. 같이 오르며 이런저런 얘기를 나누었다. 그 분은 '늘 겸손하게 살아야 한다'는 말씀을 자주 하셨다. 중요하지만 우리가 잊고 사는 것 중의 하나였다. 그 분은 자식들이 이번 여행을 마련해주어 오게 됐다며 자랑 아닌 자랑을 하셨다. 듣기에 참 좋았다. 우리 아버지께서도 살아 계셨다면 나도 등산 여행을 보내 드리고 싶은 심정이 복받쳤다.

그렇게 이런저런 얘기를 하면서 올라가는데 갑자기 숨이 차기 시작했다. '환장고개'는 곱게 핀 진달래꽃 때문이 아니라 환장할 정도로 힘이 들어 그렇게 부르는 것이 아닌가 싶었다. 홀로 등반하는 멋진 60대 중반의 아저씨는 별로 힘들어 하시는 것 같지 않았다.

정상에 오르자 발아래 펼쳐진 모든 것이 무릉도원의 한 구석 같았고, 나는 신선이 된 듯 날아갈 것만 같았다. 혼자 나간 봄나들이 치고는 매우 상쾌한 여행이었다.

이번 여행길에서, 어느 노부부가 손을 꼭 잡고 행복한 미소를 지으며 등산길로 들어서는 것을 보았다.

참 좋아 보였다.

내년 진해 꽃구경을 갈 땐 나도 사랑하는 사람과 같이 떠나야 겠다.

2장

이래저래 살맛나는 세상

아이들이 살맛나는 세상

대부분의 사람들은 "어린이는 이 나라의 꿈이요, 우리의 미래다"라고 한다. 왜냐하면 어느 사회든지 어린이가 환하게 웃을 수 있는 사회가 발전한 사회이고, 진정으로 행복한 나라는 어린이가 사회로부터 자유로워야 하며, 어린이는 미래의 무한한 발전 가능성을 지닌 이 땅의 주인들이고, 조국의 미래이기 때문이다.

인간은 누구나 행복할 권리를 가지고 있지만 양적인 고도성장으로 인해 우리 사회에 만연된 빈익빈, 부익부 현상은 행복해야 할 가정을 파탄의 지경에 이르게 만들었고, 급기야는 소년소녀가정, 결손빈곤가정어린이, 가출아동 등 해마다 증가하고 있는 우리의 현실은 모두에게 경종을 울리는 일이다.

요즈음 각종 매스컴에선 우리나라가 청소년들이 살기에 좋은 환경이 아니라고 한다. 각종 오염과 개발이라는 명목 아래 처참히 파괴되고 있는 금수강산과 혼란으로 치달을 것 같은 사회적, 경제적 분위기, 특히 시험지옥과 엄청난 사교육비의 부담, 그리고 두드러지게 심각한 사회문제가 되고 있는 청소년 폭력 등등.

이런 사회 환경 속에서 자녀를 보호하고 행복한 가정을 꾸려 나가려면 어떻게 해야 하는지 모든 이들에게 질문을 던져본다.

초등학생 가장소녀를 마을 주민들이 집단 성폭행하고, 십대의 중학생이 강간으로 임신당하는 상상을 초월한 혼돈스런 세상에서 대부분의 부모들은 어떤 방법을 동원해서라도 혼란스런 이 현실 환경과 아이들을 떼어 놓으려고 한다. 그리고 그런 부모들의 마음 한구석에는 내 아이는 무조건 착하다는 착각의 편견이 자리 잡고 있다. 적어도 착한 내 아이를 꾀어 나쁜 물이 들게 하는 불량한 아이들과는 다르다는 것이다.

하지만 생각을 바꾸어 보면 이 세상에는 절대적으로 착하거나 절대적으로 악한 아이들은 없다.
이웃에 사는 어떤 분은 자녀들에게 가끔 이런 말을 한다.

"자녀들아 모든 아이들은 선하단다. 그러니 네가 모든 친구들에게 기쁨을 주렴."

모두가 진심으로 친구가 되고자 생각하고 타인의 입장에서 겸손히 배려한다면 학원폭력은 저절로 없어질 것이다.

모두가 학부모이기에 아이들을 혼란스런 사회로부터 철저하게 격리 시키려는 마음보다는 반대로 우리 지역사회를 보다 밝게 만들어 가는데 함께 고민하고 힘을 모은다면 미래의 주역인 아이들은 편안하고 행복한 터전 속에서 그들 나름대로의 성공적인 삶을 살아가리라 생각한다.

인간이 가장 아름다울 수 있는 이유는 아이들과 같은 소박한 마음으로 사랑과 나눔을 실천하기 때문이다.

"넘치면 나누겠다. 남으면 베풀겠다."

이런 가장 인간답지 못한 거짓보다는 현재의 주어진 여건 속에서 진정 어린이가 행복할 수 있는 사회를 만들기 위해 모두가 앞장서야 할 것이다. 어린이는 가정과 사회의 가장 값진 보물이기 때문이다.

책 읽는 가정으로

한국인은 세계에서 가장 책을 읽지 않는 국민에 속한다.

최근 UN이 조사·발표한 회원국의 연간 평균 독서량을 보면 한국은 10.8권으로 미국(79.2권), 프랑스(70.8권)은 물론 인근 일본(73.2권)에도 크게 못 미치는 것으로 조사됐다.

한국은 UN회원국 192개국 중 최하위권인 166위에 그쳤으며, 성인 10명 중 9명은 하루 독서시간이 10분도 채 안 됐고, 4명 중 1명은 아예 1년에 단 1권의 책도 읽지 않는 것으로 나타났다.

OECD 국가 중 인터넷 보급률과 이용률은 1위임에도 독서량은 꼴찌를 벗어나지 못하고 있다. 지성과 문화의 수준이 이토록 낮은 터에 이만큼 경제를 발전시킨 사실이 기적 같은 생각이 든다.

이대로 계속 나간다면 경제는 선진국에 진입하는 날이 온다 하더라도 문화 선진국이 되는 날은 기약할 수 없을 것이란 생각이 든다. 책은 인격을 형성하고 지성과 상상력을 키우는 최대의 도구이기 때문이다.

요즘 세대는 지식이 필요하면 먼저 인터넷 포털사이트에 들어가 검색키를 누른다. 하지만 체계적이고 깊이 있는 지식은 책을 통해서만 얻을 수 있다.

지혜와 감동이라면 더욱 그렇다. 그 이유는 모든 시대의 깨달음과 지식은 책 속에 농축돼 있기 때문이다.

책을 읽을 때 우리는 비로소 폭넓고 깊게 생각해 볼 수 있고 감동을 받고 상상의 나래를 펼 수 있다.

무엇보다 독서는 인간의 미래를 바꾼다.

빌 게이츠는 말했다.

"오늘의 나를 만든 것은 어린 시절 동네의 작은 도서관이었다."

콜럼버스가 세계적 탐험가가 된 것은 15세 때 마르코 폴로의 「동방견문록」을 읽고 꿈과 의지를 가졌기 때문이다.

4월 23일은 유네스코가 정한 '세계 책의 날'이다.

서울 광화문에서 열린 공식 기념행사의 주제는 '건강한 독서 가족 만들기'다.

"책읽는 학교, 책읽는 군대, 책읽는 기업, 책읽는 사회 만들기는 책읽는 가정에서부터 시작된다"고 할 수 있다.

집에서 책을 읽지 않는 사람이 다른 어느 장소에서 읽겠으며, 어린 시절 가정에서 형성되지 않은 독서 습관이 어느 성인에게 생기겠는가.

부모들이여, 집에서 책을 읽자.

스스로의 내면을 풍요롭게 하기 위해서, 제대로 된 사회, 창의적이고 인간적인 사회를 위해서, 그리고 미래의 희망인 자식들에게 모범을 보이기 위해서 책과 함께 시간을 보내자.

깊은 산골 옹달샘

깊은 산중 옹달샘에 있는 암자.

어느 양반의 귀향살이 토담집 한 채.

이곳 충청도 산골에 내가 거주하는 집을 일컬어 다녀간 지인들의 입에서 나온 말이다.

사방이 산으로 둘러쳐 있고 5여리 인근의 자그마한 저전마을이 한눈에 들어온다. 충청도 지역에서도 가장 낙후된 마을, 아직도 비포장도로와 전기가 들어오지 않고 식수는 암반수로 해결하는 곳이다.

이곳에 인연이 닿은 지도 5년이란 시간이 지나갔다.

계절에 따라 오며 가며 손 닿는 곳마다 풍성한 과일(자두, 복숭아, 포도, 매실)등과 밭작물(고추, 브로콜리, 땅콩, 가지, 콩, 호박) 등이 있어 여유로우며 지나가다 쓱쓱 씻어 입에 넣으면 세상 부러울 것이 없다. 물론 인심 좋은 이웃 농부의 허락을 받은 터라 인정되는 행동이다.

마을의 농부들은 깨, 가지, 호박, 고추, 옥수수 등 다양한 농산물을 재배하는데 소작농이라 조합에 대부분 대출금이 있다고들 한다. 농작물의 수확금으로는 대출금의 원금은 갚지 못하고 연말에 이자만 주로 갚으며 힘들게 생활한다고들 이구동성으로 말한다.

농촌의 현실.
이제는 일어나야 한다.
이제는 과거의 틀에서 벗어나야 한다.
다섯 달(11, 12, 1, 2, 3월)은 소일거리로 시간을 보내고, 4월이 돼서야 바빠진다.
농산물 수확으로 인한 수입은 6, 7, 8, 9, 10월에 거래 통장에 입금된다. 매년 되풀이 되는 농촌의 현실에 안타까움을 느낀다.

현실에 안주하지 말고 특용작물이나 민물고기 키우기 등 다양한 방법을 연구하여 새로운 수입원을 만들어야 하며 타 지역의 성공사례를 벤치마킹하고 연구하는 자세로 농사일에 임해야 한다는 생각이 저절로 든다.

미래의 행복한 삶은 농촌에서만 찾아 볼 수 있을 것이라 확신한다. 자급자족의 생활을 통해 인간의 필요불가결인 먹을거리의 유한성을 인식하면서 자연과 함께 하는 소박한 생활을 통해서만 우리는 진정한 행복을 느낄 수 있을 것이다

자연으로 돌아가라

폭염과 열대야가 지속되고 있다.

인명 피해가 연일 매스컴을 통해 알려지고 있으며 전력 사용량이 급증하고 KTX가 감속 운행하는 사태까지 벌어졌다.

전국의 고속도로는 피서차량으로 몸살을 앓고 있고 여름철의 연례행사처럼 찾아오는 태풍으로 인한 피해가 크다는 것을 알고 있다.

올해 태풍 '개미' 와 '에위니아' 의 위력은 대단하여 산간지방의 주민과 피서객이 실종되고 지하철과 주택이 침수되었으며 이재민이 발생하고 농경지의 침수로 농민들이 겪는 고통의 나날들이 우리를 슬프게 한다. 또한 폭염과 가뭄으로 인한 저수지의 고갈과 농토의 갈라짐이 우리의 마음을 아프게 한다.

이렇듯 자연 앞에서 인간은 무기력할 수밖에 없다. 물론 철저한 대비 여부에 따라서 피해를 감소시킬 수 있다고 하지만 거대한 자연의 위력은 고도로 발달한 현대문명으로서도 역부족일 때가 많다.

미국에서는 섭씨 40도가 넘는 살인적 더위로 수백 명이 목숨을 잃었다고 한다.

자연재해가 예전에도 있었다고는 하나 최근 들어 더 기승을 부리는 것을 알 수 있다.

여러 가지 원인이 있겠지만 무엇보다 큰 이유는 우리가 소홀히 생각하는 환경을 통한 인간의 욕구 만족으로 인하여 발생하는 환경파괴가 아닌가 싶다.

자연의 순리를 외면한 인간의 욕심에서 나온 무분별한 개발은 당장은 편리하고 문화적으로 생활하는 것 같지만 결국은 인간의 생존을 위협하게 된다.

이 지구는 지금 세대만을 위한 것은 아니다.

지난 세대로부터 물려받았고 또 다음 세대에 물려줘야 할 소중한 공동체적 삶의 터전이다.

그러나 지구는 개발의 명목 하에 또는 전쟁 때문에 그 파괴력을 더한 무기 사용으로 크나 큰 중병을 앓고 있다.

우리는 요즈음 세계화 시대라는 말을 여러 통로를 통해 자주 들을 수 있다. 생존공간 확보라는 차원에서 국가를 초월한 협력의 절실함을 역설하는 것이라고도 하겠다.

환경문제가 어제 오늘의 문제는 아니었다. 그러나 그 목소리는 아직도 작고 구체적인 실행으로 이어 지지 않는 것이 안타까울 뿐이다. 환경문제에 미온적이고 보전의 중요성을 외면할 때 결국 모든 인간은 자연의 파괴로 인한 커다란 재해를 입을 수 있다.

인간이 제 아무리 지혜롭고 위대한 존재라 할지라도 절대자의 창조물인 대자연 앞에서는 대단히 무기력한 존재일 수밖에 없다.
환경을 지키기 위한 모두의 관심이 절실한 이때에 우리는 우리 주위에 있는 작은 분리수거용 통에 애정을 표현해야 할 것이다.

"자연으로 돌아가라!"
그 누구의 소망이었던가?

자신을 되돌아 보고

소비주의 문화는 정신적인 억압보다도 훨씬 더 사람을 바보로 만든다고 한다.

서구적 외모의 모델은 어린이들에게 일찌감치 열등감을 갖게 하고, 자기 자신을 거부하도록 하기도 한다. TV나 매스미디어속의 이미지는 일반인들에게는 따라갈 수 없는 모델이다.

1990년대 이후 상업주의 문화가 급속히 침투해오면서 사람들의 의식은 더욱 공허해지고, 내적으로 무기력함을 더 느끼게 되었다. 돈이 없으면 더 이상 행복을 얘기할 수 없는 듯하다.

그러나 다행히도 한쪽에선 새로운 변화가 일어나고 있다. 도시의 인구 56% 이상이 시골로 내려가 텃밭을 일구며 살고 싶다는 보고 결과가 나왔다.

경제적 어려움과 환경오염, 정신적 복잡함, 그 무엇보다도 또 다른 행복한 삶을 꿈꾸기 때문이라고 할 수 있다.

IMF 이후에도 변하지 않은 건 우리나라 부모들의 교육열이다.

맘껏 뛰어놀고, 꿈을 키워 가야 할 시기에 지나치게 입시 경쟁에 시달리고 있는 건 아닌지….

공부를 열심히 하는 것 자체에 문제가 있는 것은 아니겠지만 올바른 판단력이 성숙해질 겨를 없이 경쟁의식과 TV나 매스미디어에 노출되어 지배받는 주변 환경이 문제다.

자신에 대해 공부할 시간이 없고, 역사에 대해 관심이 없으며, 거기에다 부모들의 소비성향까지 합세해 올바른 사고를 하는 인간으로 성숙해 가는데 문제가 있다는 사실이다.

40여년에 걸친 정치적 억압에도 무너지지 않던 티벳의 전통문화가 10년도 안 된 소비주의 문화의 침투로 뿌리에서부터 붕괴되고 있다고 한다.

자연과의 교감은 우리의 생명이 우주에 속한다는 것을 깨닫게 해주며, 우리 자신의 존엄성을 알게 한다.

우리의 삶이 내적으로 더 빈곤해지기 전에 우리 자신을 되돌아보고, 우리 모두가 행복한 삶을 누리기 위해서는 어떻게 살아야 하는 가에 대해 함께 고민하고 싶다.

청빈한 삶으로 돌아가기

세상이 어렵다고 한다.

일자리가 없다고들 난리다.

없는 일자리, 쉽게 말해 돈을 벌기 어렵다는 얘기다.

누구도 희망이 엿보이는 비전을 제시하기 어렵다.

이러한 사회현상은 지구촌의 재난과 겹쳐 막막하기만 하다.

때때로 연기처럼 피어나는 종말론의 불안감까지.

희망 없음은 그 무엇보다 사람들에게 치명적이다.

어디서부터 희망의 빛을 찾아야 할까?

'청빈하고 소박한 삶으로 돌아가기.'

100여 평 남짓의 땅에 초가삼간을 지어보면 어떨까?

흙을 개어 벽을 바르고, 낙엽을 긁어주지 않아 소나무 씨가 자라지 못한다는 산에서 낙엽을 긁어 불을 지피는 재래식 구들장을 놓고, 참나무를 캐 너와를 얹고, 서너 평 남짓의 채마를 일구고, 장독대를 놓아 공해 없는 장을 담그며, 사시사철 맨드라미, 봉숭아, 다알리아 꽃이라도 심는다면, 우리의 삶에 새로운 희망이 엿보이지 않을까?

'청빈하고 소박한 삶으로 돌아가기.'

자급자족의 수공업적 생활방식과 자연에 순응하며 노동의 시간 사이사이 책을 가까이 하며, 지식이 아닌 지혜의 삶을 영위한다면 작금에 처한 우리의 현실에 새로운 전환이 가능하지 않을까?

순수한 노동력이 필요한 생활방식은 더 이상 자연을 파괴하지 않으며, 지구환경의 오염문제를 해결할 수 있게 될 것이며, 할 일을 찾게 될 것이며, 잃어버린 삶의 여유를 회복할 수 있지 않을까?

정신적 향기가 배어 있지 않은 편의주의적 문화에 길들여진 생활방식을 좀더 자연으로 회귀하고, 급진적인 발전에 밀려나간 정신문화를 회복하며 소박하고 청빈하게 살아간다면 우리의 삶에 새로운 새벽이 열리지 않을까?

청정한 먹을거리

지난 여름의 뜨거웠던 햇살이 과일들에 과즙을 달게 하고, 들판의 벼를 노오랗게 영글게 했다.

땀 흘린 농부의 손길과 자연의 순리가 우리 인간에게 주는 무한한 혜택이며 감사한 계절이다.

그러나 그러한 농산물의 수확이 있기까지 화학비료와 다량의 농약이 살포된다는 것에 누구나 불안감을 갖고 있는 것이 우리의 현실이다.

농업에 종사하시는 분들 중에 농약의 발암성으로 인해 폐암에 걸리는 사례가 많다고 한다. 직접 농사를 지으면서 농약을 치는 분들께서도 이렇게 많은 농약을 사용하는 것이 정말 걱정된다고 한다.

소비자 역시 시장에서나 마트에서 모양이 크고 깨끗하게 잘 키워진 과일이나 채소에 손이 가게 마련이다. 하지만 모양이 덜 좋고, 벌레가 먹은 부분이 있더라도 그러한 식품이 좀 덜 유해하다는 것을 인식해야 한다.

요즘은 각 지역마다 유기농산물을 특산품으로 생산하여 기존 농산물보다 높은 가격으로 유통되고 있지만 소비자는 이러한 유기농산물에 그나마 신뢰를 갖고 있으나 아직은 보편화 되지 않았다.

믿을 수 있는 식량, 좋은 먹을거리의 생산을 위해 보다 적극적인 농업기술의 개발, 농민들의 재교육, 친환경적인 농산품에 대한 적당한 가격과 바람직한 유통이 반드시 이루어져야 할 것이다.

가장 안전하게 먹을 수 있는 식품은 텃밭에서 손수 가꾼 음식 재료로 사랑과 정성이 들어간 주부가 직접 만든 음식이다.

이러한 청정한 먹을거리가 밥상에 오르는 데에는 막연한 동경이 아니라 좀더 확고한 우리 모두의 인식의 전환이 필요하다.

연금술

익어가는 황금 들녘에서 땀을 적시며 환환 웃음을 짓는 어느 농부의 얼굴에서 행복의 의미를 느끼는 가을의 길목.

글은 정신세계를 풍요롭게 해주며 아름다움을 부여하기도 하지만 때로는 고단한 삶을 관조할 수 있는 자기 정리의 의미를 갖는 시간이기도 한다.

진솔한 언어를 통하여 자신을 표현하고 지적 정서적 감성을 표출하는 일이야말로 가장 소중하다고 하겠으나, 오늘날의 컴퓨터나 매스미디어의 영향이 우리의 실생활에 깊숙이 침투하고, 바쁘고 복잡한 사회 환경 속에서 글이 꽃을 피우기에 적합하지 않은 토양임은 부인할 수 없는 사실이다.

이러한 환경 속에서 인간의 내면을 천착해가는 참다운 문학의 감동이 더욱 소중한 그리움을 갖게 한다.

글은 내적 성숙의 가장 근원적인 표현이기에 일상의 희노애락을 깊이 있게 표현하여 우리의 마음을 풍요롭게 해주고 나아가 자신을 들여다보는 계기를 만들어 준다는 점에서 아름다운 연금술과도 같은 중요한 일이다.

유사 이래로 하늘에 제사 지내고 가무를 즐기는 우리 인간본연의 모습 속에는 노래 가사로서 시의 역할이 있었다는 것은 역사의 흐름 속에 내적 리듬이 자리 잡고 있었다고 할 수 있는 소중한 일이라 할 것이다.

數飛之鳥(삭비지조) 忽有罹網之殃(홀유이망지앙)

삶에서 '자주 침묵하고, 홀로 있으면서 자신을 들여다보는 시간을 가지라' 는 뜻으로서 우리 현대인에게 시사하는 바가 크다 할 것이다.

일상에 묻혀 바쁘게 살다보면 정서적 감성을 멀리하고 삶의 활력마저 잃어버려 자신의 존재가치마저 무의미하게 생각되는 수도 있기 때문이다.

무한대의 물질적 욕망 앞에서 정신문화는 왜소해지고 있지만, 그나마 책상 앞에 앉아 언어를 다듬으며 나름대로 특유의 정서를 표출하고 '미의 창조' 에 영혼을 기울이는 것이야말로 인류가 소망하는 마지막 인간다움의 소박한 등불이 아닌가 싶다.

검소한 삶

젊은이들에게 무엇을 가장 하고 싶으냐고 물으면 '쇼핑'이고, 무엇이 되고 싶으냐고 물으면 '돈 많이 버는 사람'이라고 대답하는 숫자가 점점 늘어난다.

그런데도 최근 파산자 신고율은 공황기보다 높고 우울증과 자살은 늘어나서, 대도시뿐 아니라 시골에 살아도 안전이 보장되지 않는다.

다이어트, 성형수술, 정도를 넘어선 모험에 자신을 던지며 사람들은 감각의 사치를 맛본다. 어머니는 비디오, 아버지는 인터넷, 아들은 게임을 하는 집안에서 자꾸만 불어나는 것은 은행빚과 쓰레기다.

소비중독증 시대를 살아가는 우리는 기어를 한 단계 낮추고, 부에 대한 정의를 다시 검토하고, 자발적으로 소박한 삶을 살아야 한다.

우리가 소비되는 자가 되면 지구도 함께 소비된다.

자유경쟁을 지키려면 그 속의 맹목성을 조심해야 한다. 호모 사피엔스의 역사에서 99%에 해당하는 삶이 사냥꾼과 채취자의 삶이었다. 기술이 고도로 발달한 작금에 우리는 그들보다 훨씬 많은 시간을 일하면서도 행복하지 않다.

오랜 가치관을 되살리고 손 기술을 중히 여기자.
영국의 역사가 아널드 토인비는 22개의 문명사를 살펴본 뒤, 문명의 성장 척도는 에너지와 관심을 물질에서 정신적·심미적 측면으로 되돌릴 수 있는 능력에 있다고 말했다.

소박한 삶을 실천하기 위한 여러나라의 움직임을 읽으면서 신용카드 파산자, 파산신고자, 그리고 음식점이 60여 명당 한 개씩이라는 우리의 처지를 생각해본다.

시골길을 달리다 보면 흥청거리던 시절에 세워놓은 건물들이 흉측한 몰골로 부드러운 숲을 가로막는다.

관광객의 발길이 끊긴 그 마을은 옛 경기를 살려보려 애쓰지만 건물을 덧칠하고 아스팔트를 입힐 뿐 발상의 전환을 하지 않는다.

아름다운 자연 그대로의 모습을 되찾는 것이 사람들의 관심을 얻는 길이 아닐까.

자동차도, 조각물조차도 없는 자연 그대로의 모습이 점차 귀한 세상이 될 것이다.

월든 숲속에 오두막을 짓고 살았던 헨리 D 소로는 "영혼에 필요한 단 한 가지 필수품을 사는 데는 돈이 필요 없다"고 말했다.

뼈 가까이 붙은 살이 맛있듯이, 뼈 가까이의 검소한 삶이 더 멋지다는 말처럼 몸보다 정신의 다이어트를 먼저 해야 한다는 생각이 든다.

소박한 삶

사람들은 세상살이가 어렵다느니, 더욱 더 경기가 침체될 것이라느니 정치지도자들의 위상이 도마 위에 올려 진 생선처럼 입에 오르내린다.

우울한 소식들이 저녁 안개 피어오르듯 하지만 계절은 어김없이 우리 곁을 찾아와 자연의 변화를 느끼게 한다.

사람들은 고대로부터 현재에 이르기까지 모두 행복을 꿈꾸며 저마다 가슴에 소망을 품고 각자의 삶을 가꾸어 가는데 이는 변하지 않는 삶의 모습인 것 같다.

내일에 대한 희망이 없이는 우리 사회가 또 개인의 미래가 불투명한 것은 당연한 일이다.

현대문명의 발전과 더불어 절대적 빈곤에서 벗어난 것은 그리 오래된 이야기가 아님에도 오늘을 사는 현대인은 상대적 빈곤 속에 끝없는 결핍을 느낀다.

희망이 있는 사회, 희망이 있는 가정을 꿈꾸는 우리가 한번쯤

이 시대를 점검해봐야 할 것 같다.

믿을 수 없는 먹을거리와 환경을 오염시키는 각종 유해물질, 물질만능적인 배금사상, 걸러지지 않아 해로운 정보의 양산 속에서 우리의 삶이 이대로 굴러가도 괜찮은 것인지, 우리 아이들에게 남겨줄 정신적, 물질적 유산은 무엇인지 말이다.

우리 조상들은 오랫동안 농경민족으로 삶을 유지해 왔다.

그 삶이 그저 궁핍하고, 척박한 것만은 아니었으리라 생각해 본다.

소박한 삶!

현대인들의 막연한 공허감과 소외감을 치유하는 삶의 방식은 아닐런지.

아름다운 자연과 계절의 변화 속에서 적절한 노동과 정신적 양식을 배우고 익히며 소박한 삶으로 돌아가고픈 소망이 현대를 살아가는 우리들의 가슴속에 자리매김 하는 것도 이런 사회현상의 정반합 현상이 아닌가 싶다.

우리 모두 가슴을 열고 소박한 삶에 대하여 구체적이고 적극적인 자세로 이야기를 나눠봄이 어떨까.

소박한 삶2

소리 없는 전쟁터가 돼버린 요즘 세상에 새롭게 떠오른 대안적 삶의 핵심개념은 웰빙과 다운쉬프트, 그리고 소박한 삶이다.

셋 다 조금씩 의미가 다르지만, 사태에 대한 기본적 인식은 비슷하다.

현대의 자본주의 소비사회는 지구도, 인간도 견디기 어려운 지점에 다다랐으니 이제는 대량생산, 대량소비의 악순환을 깨뜨려야 할 때라는 것이다. 적게 만들고, 적게 소비하고, 적게 벌고, 적게 버리자는 것이다.

대신에 자신과 가족을 위해 시간을 쓰고, 금전적, 물질적 가치가 아닌 인간적 가치를 실현하기 위해 힘쓰자는 것이다.

좀 어려운 말로 하자면 '의미를 잃어버린 높은 생활수준을 유지하기 위해 어쩔 수 없이 행하는 기계적인 노동에서 등을 돌리자'는 것이다.

「조화로운 삶」과 「소박한 밥상」같은 책으로 잘 알려진 니어링

부부와 「월든」으로 유명한 헨리 데이비드 소로우와 법정스님이
실천한 삶의 방식을 생각하면 이해가 쉽게 된다.

다운쉬프트니, 소박한 삶이니, 마치 갑자기 나타난 풍속도인
것 같지만 사실 서양에서는 진작 이런 개념이 유행했으며 자본
주의의 발달 정도와 비슷하게 진전되어 왔다 하겠다.

「자발적인 소박함」이란 책의 초판이 나온 때가 1981년, 「다운
쉬프팅」이란 책이 처음 나온 때가 1991년, 법정 스님은 이보다
훨씬 앞서 1976년에 「무소유」를 펴내셨다.

어떤 세상인데 한가하게 '소박한 삶'이야?
이쯤 얘기하니 이런 소리가 들리는 듯도 하다.

"지금 때가 어느 땐데 한가한 소리야. 이십대 절반이 백수라는
이태백, 아니 그것도 모자라 십대에 벌써 장래에 백수가 될 생각
을 한다는 십장생이라는 말까지 나오는 판에, 뭐? 소박한 삶이
어쩌구 저째?"
맞다. 일자리가 없어, '자발적인 소박함' 은 커녕 '강제된 궁
핍' 조차 면하기 쉽지 않은 세상이다.
하지만 그 강제된 궁핍을 만들어내는 부의 동서간, 남북간 편
중을 들여다보면 어떤 식으로든 인류가 해결책을 찾아야 한다는

생각이 들게 마련이다.

'소박한 삶'은 그런 뜻에서 모색해 볼만한 가치가 있겠다.

'시대의 흐름'을 되돌릴 수 없다고 포기하는 것과 '시대의 흐름'을 거스를 수는 없더라도 뭔가 다른 삶을 꿈꿔보는 것은 큰 차이가 있지 않을까?

시대의 흐름이란?

우리는 예전보다 우리 사회에 덜 결속되어 있다는 것을 느낀다. 일터에서, 우리는 기껏해야 무의미해 보이고, 최악의 경우 비윤리적이고 부도덕한 일과 임무에 복종한다. 우리는 또한 텅 빈 도시에 사는 느낌을 받으며 너무 지쳐서 어떤 정치적 탄원에도 어깨를 으쓱거리는 것 외의 다른 반응을 보일 수조차 없다.

평균적인 직장인들은 6시30분에 자명종이 울리면 서둘러 일어난다. 샤워를 하고 옷을 갈아입는 시간이 조금 있으면 아침을 먹는다. 그리고는 차에서 마실 것과 서류가방을 들고 러시아워라고 불리는 매일의 고문을 당하며 차 속으로 뛰어든다.

9시부터 퇴근 시간까지 직장에서 바쁘게 움직여라. 실수를 감춰라. 마감시한을 넘길 수밖에 없을 땐 웃어라. 구조조정이나 아니면 그저 불평을 가라 앉히기 위해 실행되는 인원 삭감이 다른 이들의 머리 위로 떨어질 땐 안도의 한숨을 쉬어라. 추가된 작업량을 짊어져라. 시계를 본다. 상사에게는 무조건 동의하고 논쟁은 당신의 양심과 하라. 다시 웃어라. 드디어 퇴근시간. 차로 돌아가 밤의 통근길을 위해 고속도로에 오른다. 배우자와 아이들, 룸메이트와 함께 인간답게 행동하라. 저녁 먹고 텔레비전 보고나면 축복받은 망각의 잠자리 여덟 시간.

웰빙도 돈이 든다.
소박한 삶, 쉬운 게 아니다.

호우시절

오랜만에 영화관을 찾았다.

여러 개의 개봉영화들이 있어 여기저기를 살피며 오늘의 나를 만족시킬 만한 영화 리플릿을 읽어 내리던 중 시선이 멈췄다.

호우시절.

호우시절이란 중국 당나라 때의 시인인 두보의 "봄날 밤의 기쁜 비"의 첫 구절이다.

영화의 촬영지도 중국 청도로 두보가 말년에 많은 시간을 보낸 곳으로서 '봄에 내려 소리 없이 만물에 생명을 돋게 하는 좋은 비의 계절'이란 뜻이다.

영화 속 주인공 동하는 미국 유학시절 친하게 지낸 친구관계로 헤어져 다시는 못 볼 것 같던 메이를 중국 청도 출장길에서 만난다.

시인이 되려던 꿈을 지녔던 그 시절의 자신까지 떠올리게 만드는 솔직하고 당찬 메이에게 다시 또 끌리게 된다. 우연히 관광 가이드를 하고 있는 미국 유학시절 친구 메이와 재회한 동하는 낯설음도 잠시, 금세 그 시절로 돌아간다.

키스도 했었고, 자전거 타기를 가르쳐 주었다는 동하의 말에도 불구하고, 자신은 키스는커녕 자전거를 탈 줄도 모른다고 말하는 메이. 같은 시간에 대한 다른 기억을 떠올리는 사이 둘은 점점 가까워지고 이별 직전, 동하는 귀국을 하루 늦춘다.

첫 데이트, 첫 키스.

함께 있는 것만으로도 너무 좋은 첫사랑의 느낌.

이 사랑은 때를 알고 내리는 좋은 비처럼 시절을 알고 다시 내렸다.

두보를 소재로 논문을 쓰며 두보초당에서 가이드로 일하던 중, 동하를 만난 그녀는 여전히 장난기와 짓궂은 농담의 유학시절 그때처럼 끌리는 만큼 솔직하게 그에게 다가서지만 설레는 마음과 현실 사이에서 갈등한다.

두 사람은 며칠 동안 함께 관광하며 더욱 가까워진다. 서로는 서로가 필요로 하고 사랑하고 있다는 느낌을 강하게 갖지만 끝내 메이는 동하를 거부한다.

동하의 출장 마지막 날, 공항에 차로 배웅하던 날에 교통사고로 인해 메이는 병원 신세를 지게 된다. 동하는 그때 병 문안을 온 메이의 직장 상사로부터 그녀가 결혼을 했고, 결혼식을 올린 지 며칠 안 되어 쓰촨성 지진으로 인해 남편이 사망했다는 소식을 알게 된다. 동하는 그녀가 서로를 정말 사랑하지만 본인이 혼인을 했다는 이유로 동하를 받아들일 수 없었다는 사실을 알게 되었다.

이후 동하는 귀국해서 그녀에게 노란 자전거를 선물로 보내 지난 미국 유학시절의 기억을 더듬게 했고, 그녀는 자전거를 타며 한없이 기뻐한다. 동하는 변함없는 마음으로 중국 청도에 도착해 그녀가 일하는 '두보초당'으로 달려가 그녀를 기다리는 모습으로 이 영화는 막을 내리게 된다.

우리는 살아가면서 이런 저런 이유로 자기의 입장에서만 남을 판단하고 이해하려 하면서 상처를 받곤 한다. 마치 동하가 메이의 사정을 모르고 자신의 사랑을 받아 주지 않는다고 가슴 아파 했던 것처럼.

영화를 보면서 상대방의 있는 그대로의 모습을 이해하고 존중하면서 관계를 형성하는 자세가 필요하다는 생각을 해본다.

가을 길목

유난히 무더운 여름이지만 들판을 수놓은 망초꽃과 무성한 풀들이 스스럼없이 푸르름을 자랑하고 있다.

초록의 생명력과 그 아름다움에 한순간 모든 생각들이 멈춰지는가 싶더니 갖가지 꽃들이 시기에 맞춰 처음 만나듯 경이롭게 피고 지면서 계절은 깊은 가을을 향해 달려가고 있다.

지구촌은 고유가 시대에 접어들어 그 어느 때보다 피부로 느껴지는 생활경제의 압박감을 느끼게 하고 중국 쓰촨성의 지진과 미얀마의 폭우로 인한 피해 등은 지구촌 사람들의 우려와 안타까움을 넘어 암담한 현실에 대한 불안감을 갖게 한다.

우리는 삶의 무거움에 눌려 마땅히 우리가 살아야 할 본질적인 삶을 살지 못할 때가 많다. 이러한 때 우리가 스스로 어떻게 해야만 치유 받을 수 있는지 자신을 돌아보아야 한다.

자기 본질의 회복은 스스로 만들어가야 하는 길이며 자기 해방의 길이라 할 것이다.

가을로 접어드는 길목에 연일 비가 내리고 있다.

현대인의 바쁘게 돌아가는 속도감 속에서 잃기 쉬운 인간적 심성에 물을 주고 햇살을 주는 역할은 무엇일까 고민해 본다.

지금 여기

나는 법정 스님을 좋아한다.

그 분의 글을 읽으면 영혼이 맑아진다.

지금 안고 있는 고민이 별거 아니라는 생각도 들고, 새롭게 사물을 볼 수 있는 기회도 준다. 느슨했던 삶에 긴장감을 불어넣기도 하고, 너무 나만을 생각하는 이기적인 삶을 살고 있다는 깨달음도 준다.

법정 스님의 화두는 언제나 '삶' 이다.

삶이란 무엇인가?

우리가 순간순간 살고 있는 이 삶은 무엇인가?

무엇을 위해 우리가 살아야 하는가?

나는 진정 인간답게 살고 있는가?

법정 스님 「일기일회」의 법문집에 이런 글이 있다.

주식에 투자했다 손해를 본 적이 있다.

그때 이런 생각을 했다.

"차라리 어려운 친척을 도와주었으면 고맙다는 얘기나 들었을 텐데…."

그런 면에서 가장 안전한 투자는 다른 사람에게 덕을 베푸는 것이다. 그것은 절대 손실이 나지 않는다. 그 사람 가슴 속에 살아있기 때문이다.

살 만큼 살다가 세상과 작별하게 될 때 무엇이 남을까?
그것은 본인에 의해서가 아니라 남은 사람들에 의해 평가된다. 생전에 그가 얼마나 많은 사랑을 베풀었는가, 덕행을 쌓았는가가 결정한다.

한 생애에서 남는 것은 얼마만큼 사랑했는가, 얼마만큼 나누었는가 뿐이다. 그 밖의 것은 다 허무하고 무상하다.

아무것도 가져갈 수 없다.
공덕이란 물질적으로 베푼다는 것만이 아니다.
말 한 마디, 눈빛 하나도 공덕이 되어야 한다. 물질이 없어도 맑은 눈빛, 다정한 얼굴, 부드러운 말을 나눌 수 있다.

살아가면서 우리는 많은 은혜를 입는다. 수많은 관계 속에서 눈에 보이고 보이지 않는 무수한 은혜를 입으며 살아간다.

그런 도리를 안다면 스스로 나눌 수 있어야 한다.

성숙이란 나눌 수 있는 것이다.

세상에는 두 종류의 사람이 있다.

절대 죽을 것 같지 않게 사는 사람과 늘 죽음을 염두에 두고 사는 사람이다.

당신은 죽음에 대해 어떻게 생각하는가?

죽음은 삶의 한 형태이다.

하나의 새로운 시작이다.

죽음을 두려워하지 말고 순간순간 어떻게 살아야 할지를 생각해야 한다.

내일 죽게 된다면 마지막으로 무슨 말을 남길 건가? 후회되는 일은 없는가? 내일은 아닐지라도 언젠가는 반드시 그때가 온다.

우리가 하루하루 살아 있다는 것은 기적 같은 일이다. 이런 기적 같은 삶을 헛되이 보내면 후회하게 된다.

죽음을 어둡고 기분 나쁘게 생각하지 말라. 죽음이 없다면 삶은 무의미해진다.

모든 하루를 자기 생애 최후의 날인 것처럼 그렇게 살아야 한다. 미루면 후회가 남는다. 그날 할 일은 그날 하면서, 마치 내일이면 이 세상에 없을 것처럼 후회 없이 살아야 한다.

자신에게 주어진 한때를 아무렇게나 보내서는 안 된다. 그 한때는 두 번 다시 오지 않는다.

흡수보다 중요한 것은 배설이다. 배설이 되지 않은 상태에서 무언가를 자꾸 채우는 것은 위험하다.
하지만 우리 삶은 어떤가? 물질적인 것, 정신적인 것 할 것 없이 차고 넘친다.

너무 많은 것을 보고 듣고, 불필요한 말을 쏟아 낸다. 이것들은 우리 영혼에 공해와 같다. 이 생각 저 생각 온갖 근심을 미리 가불해 쓰느라 밤잠을 못 잔다.

그릇은 비어있어야 효용성이 있다. 꽉 찬 그릇에는 아무 것도 담을 수 없기 때문이다. 버리고 내려놓아야 한다.

모든 것을 소유하고자 하는 사람은 어떤 것도 소유하지 않아야 한다. 모든 것이 되고자 하는 사람은 어떤 것도 되지 않아야 한다.

자주 나는 새는 그물에 걸리게 되어 있다. 자주 침묵하고, 홀로 있으면서 자신을 들여다보아야 한다.

고난이나 불행도 그렇다. 사람들은 무병무탈하고 편안한 삶을 꿈꾼다. 하지만 그런 삶은 존재하지 않는다. 어려운 일 없는 사람은 그 어디에도 없다.

어려운 일을 피하려 하지 말고 그대로 받아들여야 한다. 모든 것에는 나름의 의미가 있다. 모든 일이 우리 뜻대로 흘러간다면 좋을 것 같지만 오히려 결과는 좋지 않다. 그렇게 되면 어려움을 모르게 되고, 삶에서 영적인 깊이가 사라진다.

세상살이에 곤란 없기를 바라서는 안 된다. 곤란이 없으면 오만한 마음과 사치한 마음이 일어난다.

몸을 가지고 이 세상에 태어나면 언젠가는 다 병을 앓게 마련이다. 모든 것을 그대로 받아들이겠다는 생각은 마음을 여유롭게 한다.

때때로 자신의 삶을 남의 일처럼 객관적으로 받아들일 수 있어야 한다. 자신의 삶을 순간순간 맑은 정신으로 지켜보아야 한다. 그러면 행복과 불행에 휩쓸리지 않고 물들지 않는다.

바쁘다, 정신없다, 스트레스 받는다는 말을 많이 한다.
그런데 도대체 무엇을 위해 그렇게 빨리 가는 것일까? 그래서 얻는 게 뭘까? 남보다 앞서기 위해? 앞서면 뭐가 좋은데? 일류가 아니면 살아남지 못할까? 그렇지 않다. 이류, 삼류도 필요하며 또 얼마든지 살아남는다.

일류는 불행하다. 더 올라갈 자리가 없기 때문이다. 일류 중 정신질환 잠재성을 지닌 사람이 가장 많다고 한다.

가장 큰 기적은 지금 이렇게 살아있다는 것이다. 당연한 것 같지만 기적이고 커다란 축복이다. 그렇기 때문에 지금 이 순간을 지극정성을 다해 살아야 한다.

일기일회(一期一會)
모든 것은 생애 단 한 번뿐이기 때문이다.

삶의 무게

어느 때와 같이 항상 오늘을 맞이하고 있지만 잊혀지지 않는 그리움과 추억은 내 가슴을 송두리째 앗아가 버리기도 하고, 좋은 감정으로 아름다운 추억이 나를 불러들이는 요즘이다.

그리움과 추억.
과거의 추억을 더듬기도 하고 또 그런 아름다운 시절로 다시 돌아가고픈 생각도 잠시 스친다. 그러나 지난 그리움과 추억은 남들이 갖고 있지 않은 소중한 행운임에는 틀림이 없다.

사랑은 가고 끝이 났어도 그리움과 추억은 영원히 죽는 날까지 남게 마련인데 오늘 이 시간이 그렇게 느껴지는 것은 왜일까?

이른 아침, 카드인식기에 내 신분증을 툭 댄다.
처진 어깨, 무거운 눈꺼풀로 컴퓨터 파워Power를 누른다. 스팸 메일, 바이러스 등 수많은 단어 출몰로 인해 한 해, 두 해 해마다 내 나이가 삶의 변화에 대응하지만 버겁기만 하다.

하루가 바쁘고 힘겨운 나날이지만 삶의 무게는 비켜 갈 수가 없을 것 같다. 오늘도 업무를 위해 e-mail을 확인하고 어제 마무리 못한 문서를 만들기 위해 자판을 두드린다.

시야가 맑지 못하고 싸늘한 느낌까지 든다.

구름 속에서 가을비가 내리고,

울타리에서 탈출하는 오리떼들의 모습에서 해방감을 느낀다.

감나무 사이로 비추이는 붉은 노을,

누렁이밥 가마솥에 불을 지피는 그리운 아버지

군불속의 연기 내음

이 저녁, 내 삶의 무게에서 잠시 떠나게 하는 기억이다.

태백산 산행

태백산 산행을 다녀왔다.

눈 닿는 곳마다 푸르름 가득한 계절이라 곳곳이 힘찬 초록의 기운이 넘치고 있었다.

태백산 산행은 갈 때마다 유난한 감동을 느낀다.

백두대간의 등줄기라 산세가 장엄하고 태고의 신비를 느끼게 하는 곳.

산 초입부터 우람한 산세에 압도되어 세상의 잡다함을 잊게 한다. 한 걸음, 한 걸음 정상을 향하다 보면 계곡을 흐르는 물소리와 산새소리에 귀가 열린다.

지상의 낙원이란 맑은 햇살 아래 빛나는 자연의 광대무변함이 아닌가 싶다.

신이 무상으로 내리는 축복이 이렇듯 눈앞에 펼쳐져 있음에도 우리 인간은 저마다 갖가지 삶의 무게에 눌려 자연의 아름다움이 눈에 들어오지 않을 때가 많은 것 같다.

정상에 이르면 단군시대 이래로 하늘에 제사를 지내던 천제단이 있다. 홍익인간, 재세이화. 널리 세상을 이롭게 하고자 하는 상고시대의 건국이념이 머리에 스쳐 간다.

5,000년 배달민족, 신화가 아닌 생생한 역사의 흐름을 잠시 숙고하게 하는 영험한 곳 태백산.
반신반인(半神半人)이었다고 하는 우리 민족의 시원.
그 정신의 흐름이 지금 어떻게 우리 핏줄 속에 기억되고 있는지 마음 깊은 곳에 되새겨 본다.

푸르름 속에 담담히 분홍빛 수를 놓은 철쭉에 눈길을 보내면서 산을 내려온다.

가을

언제부터인지 시계가 참으로 바쁘게 돌아가는 느낌이 든다.

차 한 잔의 여유도 없이 가을의 끝자락에 와 있으면서도 가을을 느끼지 못하고 사는 내 모습에서 한숨이 연속이다.

엊그제 같기만 했던 학창시절에는 여기저기서 가을을 한껏 만끽하고 낙엽에 시 한 수 적어 코팅까지 해 가며 책갈피에 보관했던 순수한 시절의 기억이 있었는데 어느덧 50대 초반인 지금은 그런 감성이 메마른 건지 아니면 없는 건지 너무나 무감각해진 내 모습에 씁쓸한 공허감마저 느낀다.

계절이 바뀐다는 사실을 어디에서 느끼는가?

파란 가을 하늘, 거리의 노랑 은행나무잎, 차창 밖 풍경이 스치듯 계절을 보내길 몇 해를 반복해 오면서 계절이 주는 설렘마저 희미해져 가고 있다

무성하게 우거진 플라타너스 나무를 오르락 내리락 하던 청솔모, 단풍나무, 은행나무 모습 속에 내 현실의 가을은 낭만이나

추억을 말하기보다 입동을 맞이하기에 바쁘지만 그래도 이 가을
에 감사함을 느낀다.

　까마득한 추억은 아니지만 내게도 낭만 가득한 순수한 가을이
있었고 이제는 두 아이에게 "가을 하늘을 보면서 추억을 만들어
보려무나"고 말해 본다.

　마음 속에 가을의 추억을 많이 담아보라고 말이다.

이제 여기

나의 청소년시절 꿈이 무엇이었는가.

선생님, 정치인, 버스기사 등 성숙해가면서 꿈도 점점 현실과 가까운 직업으로 변화되어 가는 것을 인정할 수밖에 없었다.

인생의 중반이다.

새로운 꿈을 꿀 수 있을까

내가 선택하는 일들이 성공하는 게 꿈이라면 최선의 현실 속에서 얻을 수 있는 거겠지. 하지만 가슴속엔 또 다른 꿈들이 늘 용처럼 꿈틀거림을 느낀다.

사회적 성공이 아닌 자신으로의 만족된 삶. 그건 돈도 명예도 아닌 뜨거운 인간애다. 이해 받고 존중하며 더 이상 어떤 상처에도 담대하고 의지 있게 대적할 수 있는 강한 자신감 혹은 정의감으로 확신에 찬 사람이 되고 싶다.

나의 꿈은 더 이상 미래가 아니라 현실이기 때문이다.

그 누구인들 꿈이 없겠는가. 꿈을 이루고자 하는 것에는 희생과 노력이 불가피하지만 내가 꿈꾸는 꿈이란 현실을 긍정적으로 받아들이는 것이다. 사랑하면 되고 이해하면 이룰 수 있는 아주 소박한 따스함 같은 것이다.

혼란스러운 일상에서 자유로울 수 있는 유일한 방법은 소박해지는 것이다.

모두가 힘든 속에서도 굳건하게 현실이란 수레를 끌고 가지만 그 위에 희망보다 더 현실에 도움을 주는 것은 모든 상황에서의 자유로움이 아닐까.

갈증나는 현실을 비우고 싶다.

어떻게 살고 있으며 무엇을 하는가가 중요한 것이 아닌 무슨 생각을 하며 무엇을 추구하는지,

그 내면에 따스한 자유의 강물은 흐르는지,

외롭고 아픈 이웃들을 진정 가슴 저리게 바라볼 수 있는지,

외면하지 않고 사랑으로 실천할 수 있는지,

앞으로의 삶은 상처 받고 외로운 이웃을 위해 마르지 않는 샘처럼 사랑의 실천을 나누고 허락된 시간만큼 인생을 기쁘고 감사해 하면서 나날이 처음 맞는 사랑처럼 실천하며 나누고 싶다.

미래나 과거가 아닌 긴 인생을 오늘에 농축시켜서 오늘이 마지

막인 것처럼 철저히 관리하며 최선을 다한다면 꿈은 멀리 있는 것이 아닌 이미 아주 가까운 내 앞에 와 있는 것이 아닌가 싶다.

오늘도 가진 만큼 만족하고 누린 만큼 베풀면서 더불어 행복한 세상을 힘차게 만들어 가야 하겠다.

오늘이 처음인 것처럼!
오늘이 마지막인 것처럼!

바보새

바보새라 불리는 '알바트로스'를 나는 좋아한다.

날개를 펴면 그 길이가 무려 3.5m나 되며 물갈퀴 때문에 걷거나 뛰는 모습이 오리도 아닌 것이 뒤뚱뒤뚱 우습기도 해서 사람들은 알바트로스를 '바보새'라고 부른다.

관광객들이 새무리에게 돌을 던지면 다른 새들은 바로 반응해서 힘찬 날갯짓으로 도망가 버리지만 바보새는 그 큰 날개 때문에 날지 못하고 뒤뚱뒤뚱 도망을 갈 뿐이다.

그러다 보니 누구라도 마음만 먹으면 쉽게 잡을 수 있는 새라서 멸종위기에 처해 있다.

아득한 바다위를 미끄러지듯 나아가는 배를 태평스레 따르는 길동무 알바트로스.

육지에서 먼 바닷가에서 고기잡이를 하는 선원들은 심심풀이로 바보새를 붙잡는다. 거대한 바다 새인 바보새를 선원들이 갑판 위에 내려놓자마자 창공의 왕자인 바보새는 서툴고 부끄러워하며 그 크고 하얀 날개를 배의 노처럼 가련하게 질질 끌고 다닌다.

여행객은 날개 달린 바보새의 어색함을 보고 무기력한 새로 명명한다. 조금 전까지도 멋있었던 그가 얼마나 우습고 추해 보이는지 선원 하나가 그의 부리를 성가시게 하니 절뚝거리며 더 이상 날지 못하는 불구자 흉내를 낸다.

시인 보를레르는 자신의 삶을 바보새 알바트로스에 비유하기도 하였다. 그는 폭풍우를 넘나드는 광활한 기개에도 불구하고 선원들로부터 비웃음 소리를 듣고 관광객들로부터는 야유를 당하는 모습에서 자신의 참나를 발견했다고 한다.

사르트르는 자신을 무기력한 존재로 생각하며 빗댄 나약한 새를 알바트로스 같은 상황으로 표현하기도 하였다.

하지만 모든 생명들이 거친 비바람과 폭풍을 피해 숨을 때가 되면 알바트로스는 절대 숨지 않고 당당하게 절벽 앞에 선다. 그리고 바람이 강해질수록 폭풍속 거센 바람에 몸을 맡기고 그 큰 날개의 위용을 자랑하며 그 어떤 새보다도 멋지게 하늘을 유유히 날아 다닌다.

폭풍우가 몰아치는 그때가 알바트로스는 더 이상 바보가 아닌 하늘 높이 비상할 수 있는 절호의 기회인 것이다.

거대한 날개로 6일 동안 한 번의 날개짓도 없이 날 수 있고 두 달 안에 지구를 한 바퀴 도는 알바트로스는 바보새가 아니라 세상에서 가장 멀리 그리고 가장 높이 나는 새인 것이다. 폭풍우가 몰아치고 큰 바람이 불 때 절벽 앞에 당당히 서기 위해서는 바보새라는 비난을 들어야 하지만, 절벽 앞에 서서 거센 바람에 몸을 맡기면 다른 새들처럼 쉴새없이 힘들게 날갯짓을 하지 않아도 된다. 그저 바람에 몸을 맡겨 유유히 비상하면 되는 것이다.

내 마음에 알바트로스 새가 한 마리 있어 늘 푸른 하늘을 꿈꾼다. 현실 앞에서 부족한 자신을 끝없이 일깨워 가며 언젠가 이 삶의 바다를 유유히 날아갈 수 있기를 꿈꾼다.

3장

—

만족과 기쁨을
느끼는 흐뭇함

행복에 대한 소망

사람이라면 누구나 행복에 대한 소망을 가지고 있다.

"모든 사람들은 행복해지기를 원한다."
그리스 철학자 플라톤은 기원전 400년경에 세운 명제다.

"타인들도 나와 똑같이 고통 받고 있고 똑같이 행복을 원하고 있다. 이러한 사실을 이해하는 것이 진정한 인간관계의 시작이다"
티벳 민족의 영적인 스승이며 노벨평화상 수상자이기도 한 달라이 라마는 이렇게 말했다. 나라를 잃고 망명생활을 하는 그는 조국 티벳에서 일어나는 여러 참혹한 일로 힘겨운 상황에 처해 있는 사람임에도 누구나 겪는 우울, 분노, 질투, 불안 등을 다스리는 법을 몸으로 마음으로 깨우친 성인이다.

작금의 사람들은 항상 예상치 못한 재해와 사고에 시달려야 했던 옛사람에 비해 어려운 현실을 이겨내는 능력이 부족한 것 같다. 위기상황에 대처하는데 익숙하지 못해 힘겨움을 잘 참아내지 못하고 고통의 원인을 타인의 탓으로 돌리는 경향이 크기 때문이다.

하지만 행복은 물질적인 것과는 별 상관이 없는 것 같다.

경제력은 떨어지지만 방글라데시 국민의 행복한 모습을 보면 오히려 나라가 경제적으로 발전할수록 행복 만족도가 떨어지는 경우가 많다.

개인적으로도 로또복권에 당첨된 뒤 불행해진 사람이 더 많다고 하는 어느 매스컴에서 분석한 자료를 본 적이 있다.

달라이 라마는 자신의 내면을 깊이 바라봄으로써 다른 사람과 이어지는 느낌을 회복할 수 있는 길을 행복의 출발점으로 제시하고 있다.

우리는 주어진 운명 속에서 언제부터인가 서구적 사고에 익숙해진 자신을 돌아보며 생활하는 것을 알 수 있다. 피할 수 없는 운명의 고통 속에서 인생의 의미를 발견함으로써 우리의 삶은 좀 더 행복하게 만들어 간다고 할 수 있을 것이다.

사람들은 열심히 살아 왔지만 공허감과 소외감을 느끼며, 토로하며 살아간다. 이는 어떻게든 자기 자신을 돌아보는 시간을 갖는 것이 가장 중요하다는 것을 깨우치게 하는 신호가 아닌가 하는 생각이 지배적이다.

　자기 자신의 내면의 세계를 깊이 들여다 보았을 때 무언가 가슴이 설레며 꽉 차오르는 느낌을 얻을 수 있을 때, 그 때가 바로 마음의 고통을 다스려 행복으로 전이되는 과정이라 할 수 있을 것이다.

아프리카 '르완다문화의날' 행사에서 지인들과

희망은 행복의 시작

"불확실한 시대, 혼돈의 시대!"

이 말속에 담긴 진정한 의미는 무엇일까 ?

그것은 다름 아닌 대다수의 이 시대를 살아가는 많은 사람들이 현실의 삶속에서 진정한 행복을 만끽하지 못하고 살아간다는 뜻으로 해석할 수 있을 것이다.

인간은 태초에 창조될 때부터 행복한 마음과 행복한 모습으로 탄생했지만 외부적인 요인, 즉 돈과 물질 그리고 자신이 아닌 타인과 외부로부터 행복을 찾으려 했기 때문에 늘 고통 속에서 살아가는 것이 아닌가 하는 생각을 해 본다.

우리나라는 2016년 OECD 통계 중 노인 자살률, 노인 빈곤율, 산재 사망률, 출산율 꼴찌, 대중교통 보급률, 통신 보급률, 인터넷 환경 보급률, 결핵 발병률, 결핵 유병률, 결핵 사망률, 청소년 행복지수 최하위, 사교육 비율, 초미세먼지 노출도, 자살률 등에서 세계 1위를 차지하고 있다.

그런데 이혼 증가율, 청소년 탈선율, 노령화, 저출산율, 교통사고 사망률 등이 꾸준히 늘어나면서 국민의 행복지수는 영국에 본부를 두고 있는 NEF이 조사 결과 세계 143국 대상 중에서 68위로 기록되어 있다.

이 얼마나 부끄럽고 창피스러운 일인가?

지구상에서 가장 행복한 삶을 누리고 있다는 '나우단다' 라는 작은 마을이 있다. 에베레스트 산맥의 5,000미터 높이의 산중에 위치하고 있는 마을이다.

이 마을의 땅은 척박하여 돌과 흙으로 구성되어 있고, 흙과 나무로 만든 초라하기 짝이 없는 작은 초가집들로 이뤄졌다. 전기 같은 문명시설은 전혀 없으며 '야크' 라는 소와 비슷한 동물을 사육하여 그 똥을 말려 땔감으로 쓰고, 물도 거리가 상당히 먼 곳에서 길어다 쓰면서 생활한다고 한다.

이 마을 사람들이 왜, 어떤 이유로 생활환경이 지극히 열악함에도 진정 행복한 삶을 누리고 있다고 생각하는가?

그 참된 이유는 저마다 자급자족하는 생활을 통하여 배부르지 않는 창작의 삶을 누리고 있기 때문이라고 한다.

그림을 그리고, 뜨개질을 하고, 글을 쓰고, 명상을 통한 자성과 척박하지만 기쁨으로 자급자족의 생활을 통해, 내면의 원초적인 삶을 통해 마음으로부터 느끼고 다가오는 삶을 살고 있다고 한다.

　시골의 도시화 현상에서 다가오는 온갖 불만족과 불평이 농촌
을 피폐화 시킨다.
　과거로 돌아가야 한다.
　시간의 여유를 가지고 땀 흘리며 노동을 하고, 원초적인 생각
들을 가지런히 글로 정리하며 창조적인 마인드를 통해 흙과 함
께 자급자족하는 시골의 생활환경과 분수에 맞는 도시생활을 통
하여 좀 더 느린 여유로운 삶을 누리며 살아 가야 한다.

　모두가 쉼을 갖는 밤 10시경 무렵에 집 앞마당에 나오면 온 세
상의 별들이 앞마당 하늘에서 축제를 벌이고 있다.

　내 마음이 행복으로 가득 넘쳐야 남에게도 행복의 에너지를 전
달할 수 있을 것이다.
　내 마음이 좋은 기운으로 가득 차야 남에게도 좋은 기운을 전
달할 수 있다.

　많은 사람들은 행복한 삶을 원한다.
　하지만 행복은 그리 쉽게 오지 않는다.
　왜일까?
　행복의 원초적 이유와 방법을 잘 이해하지 못하기 때문이다.

행복하기 위해서는 우선 자기가 좋아하는 일을 하고 즐겁게 행동하는 낙천적인 마음가짐이 가장 중요하다.

모든 사람의 가장 좋은 친구는 바로 자신이라는 사실.
자책하거나 자신에게 불가능한 요구를 해서는 절대 행복할 수 없을 것이다.

인생의 즐거움을 만끽하면서 현재를 즐기고, 문제가 발생하면 문제를 과장하지 않고 좌절하지 않으면 행복의 바탕이 되는 중심을 찾을 수 있을 것이다.

시인 루쉰은 희망에 대해 이렇게 적었다.

"희망이란,
본래 있다고도 할 수 없고, 없다고도 할 수 없다.
그것은 마치 땅 위의 길과 같은 것이다.
본래 땅 위에는 길이 없었다.
한 사람이 먼저 가고 걸어가는 사람이 많아지면
그것이 곧 길이 되는 것이다."

행복은 창조의 힘을 꽃피우며 사는 것

　사람들은 누구나 행복을 꿈꾸며 살아간다.

　그 방법 중 하나가 자신 안에 내재해 있는 창조의 힘을 꽃피우며 사는 것이다.

　히말라야 안나푸르나 산맥의 5000미터 지상에 위치한 '나우단다'라는 자그마한 마을이 지구상에서 가장 행복한 마을이라 일컬어지는데 이유인즉, 이 마을 사람들은 저마다 창조적 삶을 살고 있기 때문이라 한다.

　자연환경과의 조화 속에서 그림을 그리고, 책을 읽고, 뜨개질을 하고, 자연 염색을 하고, 명상기도를 하는 마을이다.

　각자 고유의 창작 활동을 통하여 내면에 잠재해 있는 원초적이고도 창조적인 힘의 발견을 통해 행복할 수 있는 삶을 영위할 수 있는 주변 환경이 절대적으로 필요하다 하겠다.

　인간이 가장 행복하게 살아 갈 수 있는 방법은 소박하며 자족하는 삶이다.

　사람들과 일로 정신없이 부대끼며 살지 않으며, 조용히 내면의

뜰에 빗자루질을 하며 살아가는 삶.

가진 것이 많지 않아도 마음이 편하고 아이들이 자유롭게 마음껏 뛰놀며 자랄 수 있는 자연 환경이 주어진 삶.

육체노동이 있고 흙을 통한 자족이 있으며 자기만의 시간을 통하여 풍요로움을 만끽할 수 있는 삶.

더불어 이웃과 웃으며 사랑의 나눔을 함께 가질 수 있는 삶.

진정 이와 같은 삶이 온전히 행복한 삶이 아닌가 곱씹어 본다.

숫자와의 씨름

종말, 말세, 말기, 말일, 말년….

현대인을 끔찍하게 하는 말(末)과 관련한 공포스런 단어들이다.

우리는 삶에서 얼마나 많은 말일과 결제, 그리고 말년과 풀어짐, 말종과의 답 없는 싸움들을 하고 있는가?

말(末), 끝이란 뜻이다.

그러나 숫자에게 만큼은 끝이란 단어가 없는 듯 싶다.

1970년대 인류는 과학기술의 경쟁을 통해 서로 우월함을 나타내고 싶어 서로 자기가 만든 컴퓨터로 숫자들의 덧셈을 시키곤 하였다.

IBM을 필두로 SONY와 후지쯔 슈퍼컴퓨터로 유명한 클레이사 등 세계 유수의 마이크로 프로세서로 구축하는 컴퓨터 회사들은 저마다 몇 번째 자리의 얼마까지 몇 초 동안, 내가 보는 시각으로는 참 쓸데없는 짓이지만, 당시 경쟁을 주도했던 그네들의 경쟁을 통한 소모전으로 프로세서의 속도향상을 가져오기도 했고 자부심을 갖기도 했다.

그러나 요즘은 그런 류의 소모전을 하지 않는다.

아무튼 끝이 없는 숫자들의 놀음에 우리 인간이 놀아나는 일의 한 예일 것이다.

근세기에 프랑스의 수학자 상크스는 파이 계산을 위해 평생을 바쳤다. 끝없는 숫자들의 나열은 항상 사람들을 무한의 매력에 빠뜨리곤 한다.

오죽했으면 성서상의 사탄도 선악과란 과일을 먹을 때, 너희는 무한히 살 수 있다고 유혹했을까?

그러나 신은 말했다.

"너희가 먹을 때 정녕 죽으리라."

끝을 두려워하는 사람들….

현대인에게 있어서 무한으로부터의 매력은 너무도 달콤하고 진하다.

매일 회사로부터 받는 급여 액수의 증가를 항상 꿈꾸며, 또 자동차를 이용해 속도계의 눈금을 확인하면서 우리는 항상 최고속도의 경신에 스릴을 느낀다.

올림픽은 기록을 위한 숫자놀음으로 우리를 무한 경쟁케 하고, 또 국가경쟁력과 군사력 또한 숫자로 평가한다.

부자와 가난한 사람의 척도는 통장의 잔고와 부동산 보유량의 수치, 그리고 부동산의 값어치, 또한 주식의 등락 폭, 유가증권과 금값의 숫자놀이일 뿐이다.

몇 평의 아파트에 살며, 몇 CC의 자동차를 굴리며, 내 차의 번호판은 몇 번이며, 몇 층의 몇 호에 사는지 숫자를 정확히 파악해야만 우리는 나의 집과 나의 아내, 나의 차를 찾을 수 있다.

숫자가 지배하는 사회, 자본주의 사회에서 수치가 주는 절대적 힘이 우리를 짓누르고, 오늘도 우리는 수많은 숫자로 된 포인트를 쌓아가는 마트, 주유소, 비디오 숍, 식당, 각종 카드들의 범람을 경험한다.

예술이 숫자가 된 지도 오래다.

몇 만 곡을 가지고, 또 몇 천 개의 레코드가 있느냐가 수준 높은 음악 애호가의 척도가 되었으며, 몇 만 장을 팔았으며, 몇 명의 관객을 동원하고, 몇 년간 롱런히트 했느냐가 수준을 말하기도 한다.

주말마다 이뤄지는 영업보고, 생산보고, 또는 감리 감독, 심지어 경찰들의 범법행위 적발도 숫자로 평가되고, 숫자로 다음 목표가 생겨난다. 그리고는 또 그 목표숫자를 채우기 위해 우리는 이를 악물고 내달린다. 그러나 또 다시 우리는 좌절한다.

숫자와 더불어 찾아오는 안락함과 포만감이 우릴 유혹한다. 숫자 없이는 살 수 없다는 절망감으로 겁내고 좌절하고 또 찾아오는 안락과 포만 이후의 공허함과 상실감 속에 세상을 살아야 한다.

이젠 말(末)이란 단어를 숫자에게 고하고 싶다.

하나, 둘, 셋 이후에는 '많다'로 표현될 수 있는 내 나름의 이상사회를 찾아서 핸드폰에 나타나는 숫자들을 보며, 짜증과 공포로 통화 버튼을 눌러야 하는 비참함을 해결하기 위해….
숫자가 아니고도 표현할 수 있는 나를 찾아서….
조화로운 삶을 찾아서….
내 휴대폰번호, 주민번호, 학번, 사업자번호, 자동차번호, 회원번호, 카드번호들로부터의 해방의 그날을 위해….

오늘도 숫자와 씨름하는 어느 사색인은 소박하고 조화로운 삶을 꿈꾼다.

마음먹기

6월을 맞이하면서 벌써 봄기운이 서서히 여름의 기운에 의해 밀리는 듯 아침저녁의 기온차가 심하다.

노벨평화상 수상자이자 티벳 민족의 정신적인 지도자 달라이 라마는 행복론에서 "인간이 살아가는 이유는 행복하기 위해서이다", "인간의 삶의 존재 이유는 행복에 있다"고 역설했다.

많은 사람들이 행복을 추구하지만 과연 행복이란 무엇인가에서부터 잘 이해하는 것이 중요하다.

사전에서는 행복을 "생활에서 충분한 만족과 기쁨을 느끼는 흐뭇한 상태"라 정의하고 있다.

그러나 이 행복이라는 감정 자체가 쉽게 느껴지지 않는 것은 왜일까?

정말 행복해지려면 어떻게 해야 하는가?

과연 어떤 사람들이 생활에서 충분한 만족과 기쁨을 느끼고 있을까?

나이를 먹으면서, 꿈과 현실의 사이는 자꾸만 멀어져 가고, 특

별히 흥미 있는 일도 없고, 열정도 사라지고, 부정적이 되며, 이
전보다 행복하지도 않다는 생각을 하게 되는 건 일반적인 사람
들의 공통된 생각인 것 같다.

그래서 뭐가 사람을 행복하게 만들까?

행복이란 무엇일까?

생각해 본다.

로또가 당첨되어 소유하고 싶은 것을 다 가지면 행복해 질까?
물론 잠시나마 사고 싶었던 물건들을 모두 얻어가는 행복감에
접어들 순 있겠지만, 물질에서 얻는 행복이란 한계가 있다는 것
은 어느 정도 검증된 사실이다.

국내총생산과 건강수명, 정부와 기업 투명성, 힘들 때 의지할
사람이 있는지 등 정서적인 항목도 평가에 반영하여 종합적으로
따져 산출하는 국가행복도에서 아시아에서는 유일하게 잘 알려
지지 않은 부탄이라는 나라는 행복지수 국가 1위에 올라 아시아
국가의 체면을 지켰다.

경제규모 10위권의 OECD 국가인 우리나라의 행복지수는 50위
권 밖이라니 좀 의아스럽기만 하다.

왜 우리나라 사람들은 행복하지 않다고 생각하는 사람들이 많
을까?

대부분의 사람들은 좋은 과거나 미래에 비교해서 지금은 초라하다고 느끼며 생활하는 사람들이 많기 때문인 것 같다.

제일 중요한 건 오늘의 지금임에도 과거에 연연해하고 장밋빛 미래의 설계도만 가지고 시간을 보내는 것은 불행한 인생이라 생각된다.

오늘 현재의 행복이 쌓여야 그 행복이 쌓인 과거가 행복하고, 행복한 현재가 행복한 미래가 되기 때문이다.

세상이 그나마 여태껏 사람 사는 세상의 꼴을 유지할 수 있었던 건 어떤 흉악한 세상에서도, 어떤 악랄하고 탐욕스럽고 막되어 먹은 놈들이 세상을 지배할 때에도 행복이란 무엇인가에 대해 대다수 사람들은 남보다 앞서는 게 행복이라는 걸 오히려 불편해하고 나보다 못한 사람이 눈에 밟혀 느리더라도 함께 가는 게 행복이라는 생각이 유지되어 왔기 때문일 것이다.

행복은 다른 사람과의 관계에서 온다.

아무리 많은 물질을 가지고 있어도, 나를 진심으로 아끼고 염려하는 사람이 없다면, 진심으로 사랑을 나누는 사람이 없다면 세상에서 가장 불행하다는 것을 대다수의 사람들은 알고 있다.

오늘날 많은 사람들은 지금의 시대를 일컬어 '불확실의 시대'라는 말들을 한다. 대다수 사람들은 국가 지도자에게, 정치인에게, 직장 상사에게, 이웃에게 그 원인이 있다고 한다.

그러나 한 가지 분명한 사실은 이미 우리 스스로 행복이란 무엇인가에 대한 우리의 생각을 잊기 시작했다는 것이다.

오랜 세월 동안 우리와 우리가 사는 세상과 우리 아이들의 미래를 지켜온 생각들을 잊어버리고 있다는 것이다.

사람 살기 어려운 척박한 환경의 네팔이나 부탄, 방글라데시아의 나라가 오히려 "행복하냐?"는 질문에 "그렇다"라는 대답을 가장 많이 한 나라로 알려져 있다.

왜일까?

그들은 주어진 환경에 최선을 다하고 그 속에서 창조적인 삶을 유지하면서 살아가기에 행복을 느낀다고 한다.

반면 우리의 주변은 어떤가 생각해 보자.

매일 TV드라마 속의 주인공들은 고급 옷들과 외제자동차, 여러 폼나는 제품들을 자랑스럽게 걸치고, 쓰고, 사용하는 모습이 비쳐진다.

이것은 사람들에게 '나도 저러고 싶다'는 욕망을 불러일으키고, 자신의 처지와 비교 하게 만들어 불만족하게 만드는데 크게 일조한다. 즉 드라마는 분명 허구의 이야기임에도 불구하고 사람들은 그것이 사실인양 믿게 되어버리고, 자신도 그것과 동일시되었으면 하는 욕망을 가지게 되는 것이다.

우리 사회는 돈이 많으면 무엇이든 가능한 사회이며 물질만능주의가 팽배한 사회로 변질되어 버렸다. 즉 상위 1%라고 할 수 있는 사람들이 누리는 부가 99%의 사람들의 목표와 희망이 될 가능성이 높다고 하겠다.

그렇지만 부라는 것은 한정된 것이고, 이 한정된 것을 모두가 누린다는 것은 어떤 의미에서 불가능하다고 볼 수 있다.

하지만 사람들은 자신보다 불행한 위치에 놓인 사람들이 있음에도 불구하고 1%의 범접할 수 없는 것에 더 큰 기대를 갖게 되어 이것이 불행을 초래하는 요인이라 할 수 있을 것이다.

불행한 사람이 많다는 것은 그만큼 자신의 욕심을 채우기 위해서 온갖 수단과 방법을 가리지 않고 매진하는 어리석은 자들이 많다는 것이다.

행복이라는 것은 결국 사람의 마음먹기에 달려 있다.

행복이란, 자신의 상황을 알고, 그 처지를 이해하고, 주어진 삶 속에서 자족하며 창조적인 생활을 통한 만족의 삶. 그것이 행복이다.

모두의 일

오늘날 사람들의 참다운 행복이 어디서 오는지 깊이 고민해볼
필요가 있다.

무분별한 개발과 물질적 풍요, 금전 만능주의 사고가 과연 행
복의 척도가 되는 것인지? 먼저 우리 자신을 되돌아보고 개개
인의 삶을 통해 새로운 변화가 근본적으로 이루지는 것이 급선
무일 것이다.

그래서 행복하게 잘사는 고을은 다음과 같은 계획을 가지고 발
전해야 한다고 생각한다.

첫째, 스스로 생산하고 소비할 수 있는 체계를 갖춘 자급자족
이 가능한 도시
둘째, 환경을 통한 지속가능한 발전의 도시
셋째, 사람이 중심이 되는 문화와 예술이 꽃피는 도시
넷째, 청정한 친환경 먹을거리를 생산하는 농업도시
다섯째, 모든 사람들이 소박한 마음으로 더불어 사는 공동체
형성의 도시

또한 지속가능한 지역의 발전을 위해서는 시민 한 사람, 한 사람이 주인의식을 가지고 주어진 일에 최선을 다해야 하며 사람에 대한 사랑과 행복한 미래에 대한 신념이 우선시 되어야 한다.

35만의 자족도시를 만들어 가기 위해서는 이농을 꿈꾸는 도시민에게 시유지를 장기 임대하여 자급자족할 수 있는 토대(팜스밸리지)를 많이 만들고, 또한 그들이 생활할 수 있는 기초생활비를 벌 수 있도록 특화된 업종(장류마을 등)을 공동 개발하여 그들에게 일자리를 제공해 주어야 한다.

자녀들의 교육문제 해결을 위해 학교 급식을 지역친환경 농산물로 지원하고 제2외국어 전문담당교사를 지원 확대하며 학교폭력 근절을 위한 전문상담실 운영과 학교길 등·하교 자전거도로 정비 및 확대를 우선 시행해야 할 것이다.

경제적, 정신적으로 확고한 비전없는 사회를 희망과 행복을 줄 수 있는 사회로 변화시켜야 한다.
농민과 상인, 근로자와 기업인이 함께 땀 흘려 일하며 소박하게 잘 사는 지역으로 변화시켜야 할 것이다.

우리는 살고 있는 이 터전을 좀더 좋은 환경과 조화로운 발전

을 통하여 후손에게 넉넉한 삶의 터전으로 물려줘야 할 책임이
있다.

우리 사회를 어떻게 만들어 갈 것인가?
방향 감각을 가지고 누구나 자신의 꿈을 펼치며 행복하게 잘
살아 갈 수 있는 사회를 만들어 가야 할 것이다.

변화를 두려워하면 행복한 미래 또한 있을 수 없다.
희망찬 미래를 실현하는 일,
그것은 우리 모두의 일이라 할 것이다.

꿈

　교육과학기술부에서 언론에 공개한 전국의 초중고 학업성취도 평가 결과를 보면 서울, 경기도의 학업성취도가 지방보다 낮게 나타났으며 특히 전국의 220여개 자치단체 중 이천지역의 경우 기초학력 미달비율(최소 학업 수준의 20%에 미달한 비율. 100점 만점에 20점 이하를 말하며 학년 진학이 어려운 수준) 지역순위 국어 16위(13.5%), 영어 28위(9.9%), 수학 21위(19.8%)를 차지해 부끄러운 지역교육 현실을 보여줬다.

　사실 이천지역은 지리적 위치로 보면 수도권과 가깝다. 그래서 대부분의 교직원들은 이천지역을 거점지역으로 생각하고 주변 위성도시에서 출퇴근하는 교직원들이 많으며 한시적 거주로 몇 년이 지나면 대부분 이천지역을 떠나는 것이 현실이다.
　학부모들 또한 자기 아이들을 뛰어난 인재로 키우기 위해, 큰 꿈을 이루기 위해 인근의 수원, 성남 등 타 지역으로 보내고 있는데, 이는 자신의 꿈을 이루기 위한 열정과 노력은 준비 되어 있지만 주변 환경이 이를 뒷받침 하지 못하기 때문이라고 이구동성으로 말한다.

물론 인근의 대도시처럼 상업적으로나 공업적으로 발전돼야 좋은 환경이 조성된다는 것은 아니다. 다만 이천지역이 지역의 특성에 알맞게 발전하고 좋은 환경이 만들어져야만 농민은 농민 나름대로 잘 살고, 상인은 상인대로 잘 살고, 청소년은 마음껏 자신의 꿈을 펼칠 수 있는 모두가 잘 사는 지역사회가 될 수 있다고 생각한다.

　많은 사람들이 비정규직, 실업자, 신용불량자, 범죄자, 패륜 행위자로 나타나고 있는 현실이다. 이런 현실의 상황은 사회체제를 근본적으로 바꾸어야만 하며, 사회를 구성하고 이끌어가는 계층이 어려움을 겪고 있다면 미래 세상을 만들어갈 청소년들에게 좋은 환경을 만들어 줄 수 없을 것이다.

　또한 '우리 사회를 어떻게 만들어 갈 것인가?' 라는 방향 감각을 가지고 문제를 해결해야 누구나 잘 사는 사회를 만들 수 있으며 누구나 잘사는 사회란 자신의 꿈을 마음껏 펼치며 살아가는 사회라고 말할 수 있다.

　"송충이는 솔잎을 먹고 살아야 한다"는 속담이 있듯이 이천지역에 알맞은 발전 방향을 찾고 무분별한 개발보다는 지역의 특징에 맞는 조화로운 발전방향과 청소년들이 자연스럽게 자신이 살고 있는 환경에 만족하고 자신이 성장한 고향에서 꿈을 펼칠 수 있도록 하는 것이 기성세대들이 할 일이다.

21세기를 위한 진정한 현실주의는 개발위주의 신화에서 벗어나 젊은 사람들이 땅으로 돌아가야 하며, 소비중심 문화에서 정신문화로 전환하는 '사회운동'이 있어야 한다고 믿는다.

이는 미래의 주인공인 자녀들이 행복할 수 있는 정신적, 현실적 터전은 진정한 평화를 이룩할 수 있는 사회 환경만이 가능하기 때문이다.

이천은 대도시에서 멀지 않은 지리적 환경과 쌀농사나 갖가지 과일, 농산물 등 농사짓기에 좋은 토질, 거기에 도자기와 온천을 위시한 지역적 특성이 있는 예술문화, 그 외 기업하기 좋은 지역으로서 손색없는 여건을 갖춘 도농복합도시이다.

행복은 결코 많고 큰 데만 있는 것이 아니며 작은 것을 가지고도 고마워하고 만족할 줄 안다면 행복한 사람이다.

각자가 주어진 환경 속에서 자족하며 최선을 다하는 사람들이 소박하게 잘 살 수 있도록 정책을 연구, 계획하고 시민 개개인의 의식을 전환시키며 고양시키는 운동이 평생학습이나 주민자치를 통해 반드시 이루어져야만 이천지역의 미래는 밝다고 할 수 있을 것이다.

정신적 풍요

자신이 처한 외적인 조건들이 삶에 영향을 끼치는 건 분명한 사실이다.

좀 더 근원적으로 우리의 행복과 불행을 결정짓는 것은 바로 현재의 상황과 조건을 어떻게 해석하느냐에 달려 있다 하겠다.

어떤 마음을 먹느냐에 따라서 거친 회오리가 몰아치는 인생의 한가운데서도 기쁨을 얻을 수가 있고 세상에 남부러울 것 없는 상황에서도 고통을 느낄 수가 있다.

우리가 행복해지기 위해서는 무엇보다도 정신적 풍요로움을 가장 중요한 덕목으로 삼고 주어진 현실을 꾸준히 일궈 나가야만 할 것이다.

촛불시위

미국 쇠고기 협상을 규탄하는 촛불시위는 집권초기인 이명박 정부를 어리둥절하게 했다.

대선과 총선에서 연승을 하여 행정부와 입법부를 모두 장악한 여당은 기세등등했지만, 시민들의 직접 행동 앞에 무릎을 꿇었다.

여당이 선거에서 다수 유권자로부터 지지를 받았으니 임기 동안은 자신의 방식대로 인사를 하고 정책을 추진할 권한을 위임받았다는 오판을 했기 때문에 작금의 어려움을 겪고 있다 하겠다.

선거운동 기간은 대통령 또는 국회의원 후보들이 앞 다투어 국민의 머슴을 자처하지만, 선거가 끝나면 누가 주인이고 누가 머슴인지 알 수 없다.

이에 선거가 끝난 후에 자신이 선택한 대표자가 자신을 실망시키거나 배신할 때는 뿔딱지가 난다.

우리 국민은 뿔딱지를 밖으로 표출했다.

국민은 자신이 나라와 사회의 주인이라는 의식으로 충만해 있다. 자신이 선택한 대표자의 임기 동안 모든 것을 그들에게 맡기고 손 놓고 지낼 생각이 없다.

직업적 운동가만이 아니라 중학생도, 예비군 아저씨도, '넥타이 부대'도, 미니스커트를 입고 하이힐 신은 아가씨도, 유모차 끄는 아줌마도 행동으로 옮겼다.

게다가 세계 최고 수준의 온라인 풀뿌리 조직이라는 '아고라' 등까지 가세하였다.

이렇게 강한 국민들의 직접행동은 향후 어떠한 정권이 들어서더라도 지속될 것이며, 이는 대의민주주의의 한계를 보완하고 대표자를 감시·통제하는 핵심적 장치가 될 것임이 분명하다.

이번 촛불시위에서 여야를 막론하고 정당과 대중 사이의 소통은 미미했다.

여당은 대통령의 눈치 보기에 급급하면서 행동에 나선 국민을 비난하거나 안일한 관료들의 논리를 대변했다. 사태가 심각해지고 난 후에야 슬그머니 비판적 언사를 던졌지만 소용이 없었고, 재·보궐 선거 참패는 예견되어 있었다.

통합민주당은 뒤늦게 원외투쟁에 나섰지만 촛불시위대로부터

환영받지 못했다.

진보정당인 민주노동당과 진보신당은 적극 촛불시위에 참석했지만 그 속에 묻혀 버렸다.

여야를 떠나 각 정당은 촛불시위에서 터져 나온 국민적 요구를 되새겨야 할 것이다.

미국산 쇠고기 사태의 핵심인 검역주권과 국민의 건강권 문제는 물론이고, 대운하 반대, 의료 · 보건 · 교육의 공공성 보장 등 국민의 목소리를 외면한다면 우리의 미래는 없다.

촛불시위대가 보여준 자유롭고 발랄하면서도 동시에 진지하고 견실한 문화적 특성과 감수성을 배우지 못하는 정당은 구닥다리 정당으로 취급되어 시민의 관심에서 멀어질 것이다.

촛불시위는 세계적으로 유례없는 국민의 직접행동 양식으로 외국에 수출할 만한 '정치적 한류'라 할 수 있다.

따라서 '운동'과 '정치'를 연결하는, 그리고 국민의 직접행동과 대의 민주주의를 매개하는 각 정당의 분발이 필요한 시점인 것은 분명하다.

양동마을

경북 경주시 양동마을을 문화탐방의 일환으로 들꽃사랑 회원들과 다녀왔다.

안동 하회마을과 더불어 유네스코 세계문화유산으로 등재된 마을이다.

양동마을은 경주시 강동면에 위치하고 있고 월성 손씨와 여강 이씨 두 가문이 500년 넘게 대대로 살아온 마을로서 현재 135가구 371명이 살고 있었으며 180동, 헛간 곳간 기타 등을 합쳐 모두 486동의 건축물이 있다.

현재의 양동마을이 이뤄진 것은 양민공 손소가 양동으로 장가와서 처가 마을에 살면서부터인 1450년경이라고 문화관광 해설사가 멋들어지게 소개한다. 손소에 이어 그의 사위가 된 찬성공도 양동의 처가로 옮겨와 그의 후손들이 처가 마을에 살면서 손씨와 이씨의 집성촌이 되었다고 한다.

이곳은 중국의 종족 마을이나 일본의 전통 마을에서는 볼 수 없는 형식이 있는데 다름 아닌 기와집과 초가집의 혼합구조이다.

이는 양반과 상민이 가까이에 살았음을 알 수 있으며 종가가 지형적으로 가장 높게 자리하고, 바깥으로 상민들의 주거지가 둘러싸는 구조로 되어 있으며, 초가집 중 일부는 과거에 상민이나 노비가 살던 집이라 한다.

양동마을에는 우리나라에서 가장 오래된 집 가운데 하나인 서백당(書百堂)이 있는데, 가장 위쪽 골짜기인 안골의 깊숙한 곳 경사면에 자리 잡고 있었다. 월성 손씨의 큰 종가로 이 마을에서 시조가 된 양민공 손소가 조선 성종 15년에 지었다고 한다.

양민공의 아들 손중돈 선생과 외손인 이언적 선생이 이곳에서 태어났다.

민속자료로 지정된 서백당은 최초 '월성 손동만 씨 가옥' 이었으나 사랑 대청에 걸린 편액인 '서백당(書百堂)'을 따서 2007년에 양동 서백당으로 택호를 변경했다고 하며, 서백당은 참을 인(忍)자를 100번 쓴다는 의미가 있다고 한다.

대개의 전통가옥을 보면 사랑방은 큰 사랑방 대청 건너편에 작은 사랑방을 두는 것이 보통이지만, 서백당은 작은 사랑방을 모서리 한쪽에 두어 방과 방이 마주하지 않도록 세심하게 설계한 것이 눈에 띄며, 사랑채 뒤편 정원의 경치 역시 매우 뛰어나게 멋지다.

서백당에서 작은산의 모서리를 끼고 걷다 보니 앞쪽에 당당한 무첨당이 보인다. 무첨당은 여강 이씨의 대종가로서 보물 제411호로 지정되었으며 양동마을 내의 여강 이씨의 여러 분파를 대표하는 곳이다. 외빈을 접대하고 문중의 대소사를 이끌어가는 씨족 공동체의 상징적인 공간으로서 가장 먼저 지어진 살림채는 이언적이 혼인을 하고 관직에 나아가기 전에 분가를 하기 위해 지어진 집이라고 한다.

집은 살림채, 제청, 사당 등 각각 시기를 달리해서 지어진 세 채의 건물로 구성되어 있으며 각각의 건축 형식에 모범이 되고, 규모면에서도 마을 내 다른 집들에 비해 압도적으로 커서 대종가의 격식이 잘 드러난 곳이다.

한참 돌담길을 따라 걷다보니 마을 초입에 자리잡은 양동마을의 첫인상을 결정하는 핵심적인 건물이 위엄을 보이는데 향단이다.

향단은 보물 제412호로 한국의 많은 건축가들로부터 가장 사랑받는 건축물이기도 하며, 집 앞면의 가로 길이가 9칸이고 여강 이씨의 상징물로 꼽힌다. 향단은 또 우리나라에서 비슷한 사례를 볼 수 없는 매우 독특한 평면 구성을 보여주는데, 이 덕분에 이채로운 공간감을 체험할 수 있는 건축물이기도 하다.

향단은 조선 성리학의 태두인 이언적이 관직 생활을 하면서 양

동을 떠나 있는 동안, 홀로 남은 어머니를 모시기 위해 마을에
남은 동생 이언괄을 위해 지었다는 것이 통설이다.

이곳에는 두 개의 아주 작은 중정(中庭)을 눈여겨볼 필요가 있
는데, 이유인즉 중정의 사방을 둘러싸는 건물의 각 면이 서로 다
르게 구성돼 있기 때문이다.

예컨대 안사랑채 부분을 중심으로, 한쪽은 부엌과 연결돼 좀
더 여성적이고 내밀한 중정이, 다른 한쪽은 바깥사랑채와의 사이
에 있어 좀 더 남성적이고 공식적인 중정이 있다. 두 중정 사이
에 있는 가운데 채에는 이례적으로 큰 방과 대청을 두었는데, 학
자들은 바로 이 때문에 이언적이 어머니를 위해 만든 안사랑채
라는 해석을 하고 있는 것이다.

돌벽돌을 사이에 두고는 조선 중종때 활동했던 관리로서 청백
리로 잘 알려진 손중돈이 지은 살림집 관가정(觀稼亭)이 있었다.

관가정은 보물 442호로 지정된 건축물이며 손중돈이 서백당
의 본가에서 분가할 때 지은 집으로서 어느 집보다 서백당의 전
통을 잘 유지하고 있는 곳으로 손꼽힌다. 손중돈은 차남이었으나
맏형이 자녀도 없이 일찍 세상을 떠나 주손이 되었기 때문에 관
가정이 오랫동안 손씨의 대종가 역할을 했다고 한다.

양동마을의 큰 집들이 대부분 마을 입구나 가운데 길에서 조

금 벗어나 골짜기로 들어가 자리하는 것과 달리, 관가정은 마을 입구의 언덕위에 위풍당당하게 자리잡고 있는 것이 특징이라 할 수 있다.

'관가' 는 곡식이 자라는 것을 본다는 의미로, 사랑 대청에 올라서면 멀리 너른 농경지가 한눈에 시원하게 내려다 보인다.

집은 살림채와 사당으로 구성되며, 관가정의 사랑채 앞에는 옆으로 누운 큰 향나무가 있는데 고택 앞마당에 향나무를 심는 것이 양동마을의 전통이라고 한다.

양동마을은 한국에서 가장 오래된 마을의 하나이고, 가장 격식이 높은 문화유산을 많이 갖고 있다.

우리나라 씨족 마을의 유형을 대표하고 마을과 건축의 완성도와 아름다움이 잘 유지되고 있어서 한결 가벼운 발걸음으로 불국사를 향해 걸었다.

가장 슬픈 왕

화창한 가을 기운이 감도는 날 강원도 영월의 장릉과 단종 유적지를 들렀다. 단종 역사관에는 단종의 즉위식 모습부터 관풍헌에서 사약을 받는 모습까지 연대기식으로 모형이 잘 전시돼 있었다.

단종은 조선 제6대 임금이다. 다른 임금의 유적은 대개 서울에 남아 있는데 단종은 삼촌인 수양대군에게 왕위를 빼앗기고 한양에서 500리나 떨어진 산간 오지인 영월로 유배로 당했고 사약까지 받아 지금에 이르렀다.

귀양을 온 단종이 살던 거처가 자리한 곳은 배를 타고 들어 갈 수 있는 청령포다. 이곳은 서강이 삼면을 휘돌아 흐르고 뒤에는 육륙봉이라는 깎아지른 듯한 절벽이 있어 사방으로 고립되었기에 딱 유배지처럼 생겼다.

청령포에 들어서자 울창한 소나무 숲이 시선을 사로잡았으며 자세히 보니 저마다 단종이 살던 집 방향으로 머리를 숙이고 있었다.

신기해서 문화해설사에게 그 이유를 물어보니 "여기에 있는 소나무들은 햇빛을 많이 받아야 하는 '극양수(極陽樹)'라는 품종이라 남쪽으로 굽은 것인데, 사람들은 단종 임금이 사시는 집터에 예를 갖추느라 소나무들이 고개를 숙이고 있다고 얘기들 한다"고 설명한다.

청령포에는 2000년도에 단종이 실제 살던 집의 모양을 옛 문헌의 기록에 의거하여 복원한 자그마한 기와집 한 채가 있는데 아궁이에 불도 안 들이는 방 두 칸 집에, 한 방에는 단종 임금, 다른 방에는 시녀 궁녀가 살았다.

지붕에 기와가 얹어 있는 게 신기했으며 유배 당시 12살이었던 단종이 이런 곳에서 지내느라 무척 힘들었겠다는 생각이 머리를 스쳤다.

단종의 손길이 머무른 유일한 유물은 망향탑으로 불리는 돌탑이다. 헤어진 왕후를 그리워하면서 이 돌탑을 쌓아 올렸다고 하는데 망향탑에 담긴 단종의 진짜 마음은 왕후뿐 아니라 돌아가신 부모님도 보고 싶고, 매우 복잡한 심정이었을 것이라 생각된다.

청룡포를 나와 영월 외곽에 있는 장릉에 도착했다.
장릉은 어린 왕의 무덤답게 규모가 작고 단출한 모습이었다.

장릉이 다른 왕의 능과 가장 큰 차이점은 장소다.

대개 왕릉은 도읍지에서 100리 이내에 있는 게 정석이다. 임금이 능행에 나섰다가 국가에 변고에 생겼을 경우 하루 안에 대궐로 돌아 갈 수 있는 거리여야 하기 때문이다.

하지만 장릉은 한양에서 500리도 더 떨어져 있으니 관행을 깼고, 다른 능은 약간 언덕이 진 구릉에 자리하는 데 반해 장릉은 해발 270미터 높이에 있다. 이는 지금 장릉의 자리가 단종 임금을 몰래 암매장한 곳에 그대로 조성되다 보니 이런 차이점이 생긴 것이라 한다.

단종을 둘러싼 사건은 크게 세 가지로 볼 수 있다.

첫째는 수양대군이 일으킨 계유정난이고, 둘째는 병자옥사다. 세조가 왕위에 오르고 단종은 왕위에서 물러나 창덕궁에서 지내게 되며, 이후 사육신의 난으로 알려진 병자옥사가 일어나 단종 복위를 꾀하다 거사도 일으켜보지 못하고 주모자들이 죽임을 당한 사건이다. 이로 인해 단종은 노산군으로 강등돼 영월로 쫓겨난다.

셋째는 정축지변이다. 또 다른 숙부인 금성대군이 단종 복위를 모의하다 발각되자 단종은 17세에 사약을 받고 죽임을 당한 뒤 시신마저 강에 버려지게 된다.

이때 단종의 시신을 수습한 사람은 엄흥도로 알려져 있다. 장릉은 엄흥도가 자신의 선산에 단종의 시신을 몰래 묻어둔 자리이다.

　이리하여 조선 제6대 임금인 단종을 사람들은 '가장 슬픈 왕'
이라고 부른다.

고교 동창생 친구들과

知天命

어느덧 지천명의 나이에 들어 친구의 소중함을 느낀다.

산에 들에 아름다운 꽃들이 피어나면 이유도 없이 함께 웃던 시간들이 생각난다. 이름도 모르는 꽃들을 보고 있노라면 존재하는 것만으로도 행복한 시간이다.

어릴 적 골목에서 비석치기, 사방놀이 하며 함께 놀던 친구들, 한참을 걸어서 설봉산으로 소풍을 가며 재잘거리던 기억들, 터널이 나오면 이런 저런 계획을 세우던 수학여행길, 밤을 새며 이불 속에서 속삭이던 그 많던 추억의 그림자들은 어디로 갔을까.

재잘거리던 이야기만큼 쌓여 가던 추억들이 그리움으로 다가온다.

어김없이 흐르는 시간이 계절을 부르고 산에 들에 아름다운 꽃들이 만발하니 그리운 시간을 함께 했던 친구들과 꽃들의 이름을 불러 보고 싶다.

하나 둘 알게 된 꽃들의 이름처럼 소중해진 어릴 적 친구들의 이름을 이제야 불러 본다.

마음이 소란하여 일상을 잠시 밀쳐 내고 한참 깊어가는 가을 속으로 걸어간다. 논을 지나 밭 한켠에는 푸른 배추와 무가 마냥 탐스럽다. 주인의 정성이 있었기에 잘 컸겠지 혼자말로 중얼거린다.

추수가 끝난 논도 있고 한창 벼베기를 하는 곳도 보인다. 구불구불한 시골길을 여유 있게 걷다 보면 불어오는 풋풋한 풀 냄새와 볏단에서 나는 특유한 냄새는 시골을 동경하는 내게 큰 기쁨이다. 베어 놓은 들깨단의 향은 어머니를 생각나게 한다. 어린 시절에 맡았던 냄새이기에 더 애착이 간다.

누렇게 잎을 떨군 호박은 한 아름 그리움으로 속이 꽉차가고, 농사철 내내 시커멓게 그을린 농부님의 투박한 주름살은 결실의 기쁨으로 고단함을 잠시 잊게 해 준다.

폰에서 울리는 음악의 리듬과 마른풀 냄새가 묘한 흥분감을 느끼게 한다. 가끔씩 와 봤던 길에서 고향의 향수를 느끼는 것은 어릴 적 시골 생활을 잘 알고 있기 때문일 것이다.

마을 어르신의 도리깨질에서 가벼운 슬픔과 한숨 같은 웃음이 난다. 아마도 할아버지와 아버지의 모습이 오버랩 되었기 때문이리라.

길가에 핀 과꽃과 쓰러질 듯한 코스모스의 안쓰러운 모습에 곧 가을이 끝나갈 것 같은 생각이 스친다.

어느 집 담장 밖으로 빼곡이 얼굴 내민 붉은 감들이 넉넉한 마음처럼 더 없는 풍요로움을 전해 준다.

숨 막히도록 절절한 사랑의 감정이 저러 할까? 수줍은 새색시의 뺨이 저러한 색일까?

단풍을 보니 가슴이 벅차 온다.

가을의 풍요를 가득 안고 돌아 오는 길,

가을이 오면 가을앓이를 해야 이 계절을 다 느낀 듯하다. 쌉쌀하고 청명한 이 계절은 나이가 들어가면서 더 차분하게 내 마음에 와 닿는다.

이제는 감사할 때

우리는 얼마 전 일반인으로서는 상상도 못할 엄청난 부를 누리는 대기업의 총수라는 사람이 자살했다는 보도를 접하고 한동안 충격에서 벗어나지 못한 적이 있다. 이유야 어떻든 자살은 대부분 절대빈곤 속에서 결행되는 것이다.

우리 주변에는 가난한 사람들이 많다.
그들이 가난하게 된 이유는 여러 가지가 있을 것이다. 원래부터 가난한 사람, 사업에 실패하여 가난한 사람, 능력이 없어 가난한 사람 등 저마다 타당한 이유들이 있다.

자본주의 사회가 안고 있는 병폐 가운데 하나가 빈곤문제인데, 거기에는 제도상의 모순도 있고 정책상의 잘못도 물론 있을 수 있다. 그러나 개인적인 결함이나 잘못, 실수도 없다고 말할 수 없다.
그럼에도 불구하고 그들에게서 공통적으로 느껴지는 점이 한 가지 있다면 그것은 그들의 마음속에는 감사가 없다는 것이다.
오직 불만과 불평과 원망이 가득 차 있음을 쉽게 느낄 수 있다. 그 대상은 정치인이기도 하고, 막연하게 이 세상 전부이기도 하고, 잘 사는 사람들이기도 하고, 하나님이기도 하다.

　자기의 무능을 탓하고, 부모를 탓하고, 친구를 탓하고, 이웃을 탓하고, 이런 팔자를 갖게 한 하나님을 탓하기도 한다. 원망의 대상이 자신이든 타인이든 제도이든 이 세상이든 간에 가슴 속에 품은 그 원망과 불만, 그 찌든 마음이 앞길을 가로막는 첫 번째 원인임을 깨닫지 못하는 것은 왜일까?

　존재하는 모든 것은 절대자로부터 왔다.
　나의 생명이 존재하는 것은 절대자에 의한 것이다.
　모두가 나에게 무관심해도 나를 존재케 하신 절대자의 관심은 나에게로 향하고 있다. 그러므로 그 절대자께 감사하면 환경에도, 인격에도 성품에도 절대자의 관심이 구체적으로 나타날 것이라 믿는다.

　인정이 고갈되고 웃음이 메마른 자, 감사하는 마음보다는 불신으로 가득 찬 가슴을 지닌 자, 이런 사람들은 자신의 절대 빈곤을 감사의 마음으로 승화시켜야 한다.

　돈이 없다는 이유가 가난이 아님을 우리는 안다. 감사와 웃음을 잃은 사람이야 말로 가난한 자이고, 남을 도무지 믿으려 하지 않고 현실을 인정치 않는 자야말로 말라붙은 냉가슴의 소유자다.

감사하는 마음은 이미 작은 천국이다.
감사하는 마음속에는 시기도 질투도 미움도 원망도 없을 것이기 때문이다.

마틴 루터 킹은 "나는 흑인으로 태어나게 됨을 감사한다"고 늘 고백하며 살았기에 흑인이 가장 멸시 받는 백인의 나라 아메리카에서 가장 존경받는 위대한 인물로 후세 사람들에게 기억되는 것이다.

감사에는 목적이 없어야 한다.
순수성을 간직한 마음으로 감사해야 한다. 계산적 생각에서 나오는 감사, 대가를 바라는 감사는 아부라고 할 수 있다. 건성으로 하는 감사는 인사치레에 불과하다.

종교개혁자 루터는 "지옥의 세계는 감사가 없다"고 하였고, 셰익스피어는 "감사가 없는 인생은 눈보라 치는 겨울 바람보다 모질다"고 하였다.

"감사하라"는 절대자의 명령이 있다는 것은 감사하지 않는 사람에겐 당연히 징계가 따른다는 의미가 된다. 그러나 감사하지 않는다고 해서 별도의 벌칙이 있을 필요는 없을 것이다. 감사하지 않는 마음은 어둠이요, 그 자체가 곧 지옥이기 때문이다.

감사가 없는 사람은 어둠 속에서 살고 있다.
탐욕과 원망, 불평 같은 것들은 가시덤불이나 쓸모없는 잡초처럼 잘도 자란다. 쑥쑥 자라서는 알곡이 될 식물의 성장과 발육을 가로막고 나선다.

감사하는 마음은 저절로 자라지 않는다. 그것은 마치 고귀한 식물과 같아서 잘 가꾸어야 한다. 우리의 마음에 감사의 씨앗을 심고 잘 자라도록 늘 보살 펴야 한다. 가시덤불 같은 탐욕이나 원망에 짓눌리지 않도록 조심스럽게 가꾸어야 할 것이다.

늘 감사하다고 말하자.
화낼 일에도 "감사합니다"라고 먼저 말하자.
습관이 되도록 되풀이해서 감사하자.
그리하면 우리의 마음속에는 감사의 열매가 풍성해질 것이다.

사랑 받을 수 있는 조건

잘 되면 내 탓이고 안 되면 조상 탓으로 원인과 결과를 돌리는 사람들을 우리는 주위에서 많이 볼 수 있다. 모든 것들을 운명으로 돌리는 잘못된 사고방식을 가지고 살아가는 사람 또한 매우 많다.

"나는 운이 나쁜 인간이야, 만사에 잘 되는 일들이 하나도 없어."

모든 것에 구실을 만들어 실패의 원인이 자기에게 있음을 숨기거나 변명하는 사람은 떳떳하지 못하다고 할 것이다.

모든 점에서 다 좋은 사람만이 있는 것은 아니다. 또한 모든 점에서 나쁜 사람도 있을 수 없다. 완전한 인간이란 이 세상에 존재치 않으며 인간에게 결점이 있는 것은 당연한 일이다. 오히려 결점을 보이는 게 더 인간적이라 할 수 있다.

우리는 실패했다고 해서 팔자소관으로 돌린다거나 운이 나빴다고 주저앉지 말고 그 실패의 원인을 냉철하게 분석하고 판단하여 스스로의 것으로 소화시켜야 한다. 그런 후에 새로 시작하여도 절대로 늦지 않을 것이다.

나의 결점은 물론 타인의 결점까지도 사랑할 줄 알아야 한다. 누구에게나 결점이 있는 반면, 그에 못지않게 장점도 있다. 어쨌든 장점과 단점이 한데 어우러진 자신과 한평생 의논하며 살아가지 않으면 안 된다. 그러므로 자기 자신을 존경하고 좋아하는 사람은 성공의 일부분이 이미 성취되었다 할 것이다.

사람이면 누구나 자랑으로 삼을 수 있는 장점 한 가지쯤은 가지고 있다. 그것으로 그 사람은 충분한 사람이다.

진정한 친구란 나의 결점과 장점을 충분히 이해할 줄 아는 사람. 그래서 정이 늘 느껴지는 사람이야 말로 우정 어린 친구인 것이다.

남으로부터 사랑을 받을 수 있는 사람은 만인의 친구라 할 것이다. 그러나 그렇게 되기는 결코 쉽지 않다.

그러면 어떻게 많은 사람들이 좋아하는 사람이 될 수 있을까? 미국의 제17대 린든 존슨 대통령의 자서전 속에서 나는 다음과 같은 아홉 가지 원칙을 발견할 수 있었다.

첫째, 사람의 이름을 기억하라. 이름을 기억하고 있지 않다는 것은 당신이 그 사람에게 별로 관심의 대상이 되지 않는다는 증거이다.

둘째, 온화한 인물이 되라. 마치 신고 있는 낡은 신발과 같이 편한 사람이 되라는 것이다.

셋째, 무엇에도 마음 상하지 않을 포근한 성격의 소유자가 되라.

넷째, 자신을 너무 자랑하는 사람이 되지 말라. 자기는 무엇이나 알고 있다는 인상을 주지 않도록 하라.

다섯째, 당신을 사귀게 되면 무엇인가 얻는 바가 있을 것 같게 폭 넓은 인간이 되도록 마음을 쓰라.

여섯째, 당신에 대한 모든 오해를 풀 수 있도록 진지한 노력을 하라.

일곱째, 모든 사람들을 진실로 좋아하도록 하라.

여덟째, 성공한 사람에게는 축하의 말을, 실망한 사람에게는 위로의 말을 꼭 할 수 있도록 하라.

아홉째, 남에게 정신적인 힘이 되어 주도록 늘 힘쓰도록 하자.

이렇게 한다면 모든 사람들은 마음속으로 당신을 진심으로 사랑하게 될 것이라 굳게 믿는다.

시장께 바란다

 지방자치는 지역을 위하여 참신하고 깨끗하게 일할 수 있는 참 봉사자를 뽑는데서 시작된다.

 시장은 풀뿌리 민주주의를 활성화하고 이천시민들로부터 신뢰받는 청렴한 자세로 지역발전을 이끌어갈 막중한 책임을 갖고 있다.

 크게는 복지이천 건설을 위하여 선거과정에서 공약했던 내용들을 충실히 현실화 하는 것이 시장으로서의 첫 번째 과제라고 생각한다.

 작게는 길거리 정화에서 시작하여 청소년들의 교육문제에 관심을 갖고 향토문화 교육에 아낌없는 투자를 통하여 지역의 인재들이 출신 고장을 빠져나가지 않도록 세심한 행정을 펴기를 바란다.

 이번의 3선은 지난 임기 동안 진행되어온 지역발전의 토대위에 제2의 도약을 열망하는 시민들의 기대의 표현이라 생각하며 당리당략을 과감히 버리고 시민을 두려워하는 시장, 봉사하는 마음으로 항상 겸손해 하는 시장이 될 때 시민들로부터 자연스럽게 존경받는 지도자가 될 수 있을 것이다.

바라건대 행정활동을 선거운동 기간 동안의 모습이나 생각과 똑같이 한다면 현재와 같은 어려운 시기에도 민심은 항상 시장께 돌아갈 것이라 생각한다.

시장께서는 이천지역 유권자 159,733명중 82,477명이 투표에 참여하여 투표유권자 32,340명의 39.87%만이 시장을 선택했고 127,393명은 또 다른 생각의 선택을 한 것에 대하여 고민과 관심을 표명해야 할 것이다.

가장 지역적인 것이 가장 세계적인 것이 되는 지금의 시대에 시민과 함께하는 향토색 짙은 문화예술관련 프로그램 개발과 농민과 상인, 근로자와 기업인이 함께 땀 흘려 일하며 소박하게 잘 사는 명품도시 이천으로 변화 되어야 누구든 살고 싶어 하고 머무르고 싶어 하는 지역이 될 것이다.

행복하게 잘 사는 우리 고장 이천이 다음과 같은 계획을 가지고 발전해야 한다고 생각한다.

첫째, 스스로 생산하고 소비할 수 있는 체계를 갖춘 자급자족이 가능한 도시

둘째, 환경을 통한 지속가능한 발전의 도시

셋째, 사람이 중심이 되는 문화와 예술이 꽃피는 도시

넷째, 청정한 친환경 먹을거리를 생산하는 농업도시

다섯째, 모든 사람들이 소박한 마음으로 더불어 사는 공동체 형성의 도시

또한 지속가능한 이천지역의 발전을 위해서는 시민 한 사람, 한 사람이 주인의식을 가지고 주어진 일에 최선을 다해야 하며 사람에 대한 사랑과 행복한 미래에 대한 신념이 우선시 되어야 한다.

35만의 자족도시 이천을 만들어 가기 위해서는 이농을 꿈꾸는 도시민에게 시유지를 장기 임대하여 자급자족할 수 있는 팜스빌리지를 많이 만들고 또한 그들이 생활할 수 있는 기초생활비를 해결할 수 있도록 특화된 업종(장류마을 등)을 공동 개발하여 그들에게 일자리를 제공해 주어야 한다.

학교 급식을 지역친환경농산물로 지원하고 제2외국어 전문담당교사를 지원 확대하며 학교폭력 근절을 위한 전문상담실 운영과 학교길 자전거도로 정비 및 확대를 우선 시행해야 할 것이다.

많은 공장을 유치하여 재정 자립도를 높이는 일도 중요하지만 정신문화를 최고의 기치로 여기는 21세기에 지역특색에 맞는 미래지향적 문화발전 정책을 개발하여 문화적 특화를 만들고 지역민의 문화생활을 통한 삶의 질 향상을 도모하는 일은 시장께 주어진 필수 정책 과제라고 인식되고 있기에 더욱 중요하다고 생각한다.

시장께서는 이천을 보다 좋은 환경과 조화로운 발전을 통하여 후손에게 넉넉한 삶의 터전을 물려줘야 할 책임이 있다 하겠다.

제5기 지방자치제 출범과 함께 대한민국에서 가장 모범적인 표본의 시정을 펼친다면 우리 이천시민 모두는 항상 '우리 이천 시장님 최고'라 외치며 이천시민임을 자랑스럽게 생각할 것이다.

– 〈이천저널신문 칼럼〉

시의회에 바란다

51.6%라는 투표율을 보인 제6회 전국지방선거는 국민들이 정치권 지도자에 대한 불신의 깊이가 어느 정도인지 심각하게 느낄 수 있도록 확인한 선거였고 그만큼이나 정치권에 대한 변화와 개혁의 소리가 높아져 있다는 것을 확인할 수 있었다.

지방자치는 지방의 자치능력을 키우고 생활권을 중심으로 시민들의 생활의 질을 향상시켜 편안하고 행복한 지역공동체를 이루는데 큰 의미가 있다.

이번 광역단체장과 기초단체장의 선거에서 확인하고 느꼈듯이 지역을 구성하고 있는 시민들의 생활상의 문제와 관련된 정책들은 큰 관심의 대상은 아니었고 중앙정치의 예속과 지역주의 선거로 치러져 지방자치 선거인지 중앙정치 선거인지 분간이 어려울 정도로 궤도를 잘못 밟은 선거가 되어 버렸음은 시민 모두가 느끼는 중요한 사안이 되어 버렸다.

이런 상태가 지속된다면 지역시민의 복지건설에 기초한 지역의 발전과 시민의 삶의 질 향상을 중요한 의미로 삼는 지방자치는 더 이상 필요 없는 것이 아니냐는 회의론까지 대두되고 있는 것이 현실이다.

국가적 어려움을 겪고 있는 작금에 이천을 위해 열심히 뛰고 시민들의 아픔을 함께 나누면서 지역 스스로의 민주적 발전능력을 키워서 국가적인 어려움을 극복하는데 도움이 되는 지역의 일꾼을 선출하여, 봉사와 헌신으로 지역공동체를 가꾸어 갈 수 있는 숨은 인재와 참봉사자들을 이끌어낼 때다.

이제 이천시민의 대변자인 9명의 시의회 의원들이 새롭게 탄생했다. 이천시의 살림은 이제 이분들의 생각과 행동에 달려 있다 해도 과언이 아니다.
뽑아준 시민들의 성원에 보답하기 위해서라도 시민의 입장에서 생각하고 실천하는 시의원으로서 최선을 다해주길 바란다.

개인적 이익이나 지역적 이해관계에서 출발하는 의정활동이 아니라 시민을 이해하고 지역의 발전에서 모든 것을 출발하는 의정활동을 해야만 할 것이다.
높은 도덕성과 청렴성을 갖춰서 지역의 지도자로서 시민의 모범과 존경과 신뢰를 받는 것도 지방자치 발전에 중요한 가치라는 사실도 항시 잊지 말아야 할 것이다.

시정의 독단과 비효율성을 견제하기 위한 행정사무감사활동, 비합리적인 예산운영이나 부정과 부패가 난무할 수 있는 예·결산 감사활동, 잘못된 관행이나 지역문제를 바로잡기 위한 조례 제정 활동 등 어느 것 하나라도 소홀히 진행되어서는 안 될 것이며, 무엇보다도 소중한 시민들의 혈세를 적재적소에 쓰이게 하여 시민복지 향상을 중심으로 진지하고 끈기 있는 자세로 지역의 살림을 들여다보고 고민해야 할 것이다.

시민들의 선택에 의하여 뽑힌 지도자이니 만큼 시민의 입장에서 생각하고 일을 추진해야만 개혁과 봉사의 일거리가 보일 것이다.

이러한 모든 과정에는 전문적인 지식과 소신이 필요하다.

지역에는 수많은 전문가가 존재하며 그들과 함께 고민하고 연구하는 자세가 필요하며 의원 스스로도 끊임없는 노력과 연구가 필요한 것이다.

전문가들의 지식과 시민들의 행복추구의지를 잘 파악하고 이용하여 지방자치 기초의회 의원으로서 할 수 있는 모든 권리와 의무에 충실하게 임하는 지역의 참봉사자가 될 때 이천 시민 모두는 두손 모아 힘찬 박수로 지도자들에게 지지를 보낼 것이다.

－〈이천저널신문 칼럼〉

PART 2

쉼, 그리고 짧은 詩

소박한 삶을 위한 다짐

1. 상냥하고 호감 가는 성격으로 자신을 바꾸자
2. 남을 인정하고 남과 협력하자
3. 시간을 쪼개서 사용하자
4. 책과 좋은 사람을 통해 늘 도전 받자
5. 멀리 내다 보자
6. 긍정적으로 밝고 즐겁게 살자
7. 자신을 매일 100% 활용하겠다는 마음으로 살자
8. 자신을 계발하면 할수록 발전이 있음을 확신하자
9. 베풀며 살자
10. 물질적인 풍요보다는 마음의 풍요에 더 큰 의미를 두자

그대는 알고 있었나
인생살이가
깊은 골짜기 높은 산인 것을

1장

꽃이 피는 계절이 있다

내 마음의 오지

깊은 산중에나 있는 줄 알았던 오지를
삶 속에서 문득문득 만나게 된다.

내가 생활하던 터전도
함께 살던 이웃도
서로에게 머나먼 오지로
낯설게 다가오는 때가 있다.

세상의 무게에 짓눌린 채
서로에게 오지처럼 변해가는 현실

마음을 정화하고 추스려
내일의 삶에 활력소를 얻고
삶의 터전으로 돌아가자.

봄

잔잔한 호수에
물안개 피어나고

마음 스치며
내리는 봄비

파릇파릇 돋아나는
연두빛 향연

고요한 숲에선
새들이
바쁜 몸짓으로
봄을 전한다.

꽃피는 계절

사람마다 꽃이 피는 계절이 있다.
그대는 봄
당신은 여름
나는 가을
우리는 겨울

나에게 꽃피는 계절이 있고
행복의 계절이 있기에
지금의 순간에 최선을 다하고 기뻐하자

우리의 인생은
계절처럼 순환되는
새로운 꽃을 피우고 있다.

잉태

봄기운이 돋는다
봄의 전령사들이 하나 둘
고유의 빛깔을 드러내며
자태를 뽐낸다

봄꽃이 피고 또 진다

나지막 남은
붉은 철쭉꽃의 잎새도
하나 둘 마당을 수놓는다

새로운 잉태를 고대하면서.

빗방울

나뭇잎 위로 떨어지는
빗방울 소리

고됨도 잊은 채
나무의 머리에서
몸줄기를 타고 내려와
논밭의 고랑을 채우고
대지를 적신다.

산천초목은
빗방울 반짝임으로
생명의 흐름을
노래한다.

해바라기

해바라기 노오랗게
웃는다

사랑의 몸짓은
해를 따라 돌고

바람 불고
흐린 날에도

기다림은
끝이 없다.

비오는 날

산간마을 앞마당에
비가 내린다

이웃집 과수원 자두나무 위에
엉킨 먼지를
빗물이 씻어내고
흙탕물 여울지며
고랑으로 스며든다

홍수에 물이 불어
강을 메우고
모든 것을 지우고 품으며
흙탕물 여울지면서 떠내려간다.

남한강변에서

남한강변에서
오래도록 지는 노을을 바라본다.

잠시 후 어둠이 몰려오고
노을의 부드러운 선이 무너지며
5월의 푸른 풀잎들은
서서히 서쪽 하늘에서부터
저녁놀이 되어 타오른다.

노을 속에서 무너지는 산은
다시 산이 되고
들이 무너졌던 어둠은
다시 들이 된다.

가을이 오면

가을이 오면 무지개 빛깔들이
다가 온다네
아름다운 꿈을 담아
단풍잎 곱게 물들이고

온 산야에 울긋불긋
이름 모를 들꽃
살포시 불어오는 바람에
수줍음을 뒤로 하네

위풍당당 소나무 아래
보랏빛 봉선화
가을의 노래를 들려주네.

가을 편지

절집 지붕 위에
나뭇잎 날린다

저마다 다른 빛으로
물들어 와
한 곳으로 떠나는
나뭇잎 소식

산사의 우체통에
곱게 접어
세상에 띄워 보낸다.

가을비

가을비 떨어진다
저 맑은 개울 속으로
저 높은 산 속으로
한 방울 두 방울 떨어진다

가을비가 흘러간다
대지를 촉촉이 적시며
한 방울은 산 아래로
또 한 방울은 바다로
유유히 세월과 함께 흘러 간다

가을비 흘러 흘러
한 방울은 흙 속으로
한 방울은 물 속으로
또 한 방울은 나그네가 되어
삶의 고통을 승화 시켜준다

그렇게

가을비는 삶을 알리는 방울처럼

자기만의 세계로

풍요롭게 적신다.

태고의 꿈

태고의 종소리 아이가 운다
칠흙 같은 어둠에 온 몸을 떨구고
이름도 뜻도 모르면서
어디서 왔으며
어디로 가야하는 줄도 모르는구나

한 줄기 빛을 향해
사지가 뒤틀리는 몸으로
마지막 숨소리를 내면서
깊고 어두운 터널을 어그적 나온다

푸른 하늘을 맞이한다
심장이 다시 뛴다
꿈이 있는 세상에 꿈나무가 된다

햇볕이 내린다
빗물이 흐른다
땅속에 뿌리 내리고 새 꿈은 시작된다

하늘 끝에서 땅 끝에서

그렇게

태고의 꿈은 그렇게 시작되었다.

겨울 풍경

새 한 마리
하늘을 날아 오른다
때마침
눈송이가 흩날린다

대지 위로
하얀 물감을 덧칠하니
산토끼 발자국 따라
몇 점의 설화
오묘한 설경이 그려진다

얼음의 한기 속에
여름의 기억이 씨앗으로
묻힌다.

봄을 기다리며

싸늘한 찬바람이 불어오지만
어느덧 산야에는 생기가 돋고 있다

힘겹게 움이 터
초록눈을 뜬다

강렬한 노란색의 개나리는
담장에도
가지를 길게 뻗어 오르고

불 밝히지 않아도
어두움을 이겨낼 수 있을 것 같은
황홀함의 봄이여
어서 오라.

어머니

억새숲 위를 힘껏 날으는
빨간 잠자리가 은하수 속에 묻힌다.
세상의 희노애락을 모두 품고
산 너머로 말없이 흐른다.

하이얀 구름은
깊은 골짜기 지나
산등성이 중턱에 걸쳐서
진달래꽃을 피운다.

2장

———

늘 마르지 않는 샘물처럼

PIP

목련꽃

어머니는 단아한 목련꽃을 좋아했다.
그러나 삶의 질곡은
어머니를 엉겅퀴처럼 만들었고
난 한복을 곱게 입은
어머니 상을 떠올릴 수 없다.

단지 삶에 지쳐 있는 모습만 그릴 뿐.

그래도 목련꽃보다 더 아름다웠던 것은
그 속에 피어있던 자식에 대한 사랑이었으리

이제는 목련꽃 같으신
엄마를 만들어 드리고 싶은데
바삐 돌아가는 삶은
나에게 그조차도 허락하지 않는다.

흔적

난 매일같이 나의 흔적을 찾으려 한다.
그러나 나의 흔적은
처음부터 없었음을 이제야 알게 됐다.
나무를 태우니 흔적은 재로 남았다.
밭 주변에 재를 골고루 뿌렸다.
흙과 거름과 함께 섞인다.
땅에 영양분을 공급하면서 재로서의 역할을 다했다.

세상의 모든 만물은 처음에는 없었다.
인간 또한 영혼과 분리되면서
한줌의 흙으로 돌아간다.
자연의 일부로.

변하지 않는 것은 아무것도 없다.
잠시 잠깐의 안개와 같은
부딪치는 번갯빛 같은 찰나의 인생이지만
왜 인생들은
무거움 속에서 힘들게 살아가는가.

구름

어디서 왔는지
어디로 흘러 가는지
바람이 쓸고 간
저 하늘 너머에는
너의 웃음조차 보이지 않는다

빛을 발하여
피어오를 수 있다면
그건 슬픔 아닌 기쁨이었고

힘을 다해 피어날 수 있다면
그건 버림 아닌 축복이었다

너의 몸짓에 깨어나지 않아도
아무도
네가 피어나는 소리에 귀 기울이지 않아도
너는 울지 않았다

나에게는 모진 역경이었던 것이
너에게는 삶의 기쁨이었으니
오늘도 너는
텅 빈 나의 마음을 채운다.

기억 속의 나무

처음 너를 만났을 때를 기억한다

작은 바람에도 흔들리던 너
바라보는 사람들을 긴장하게 만들었지
하지만 너는
억센 바람을 맞으면서도
꺾이지 않았지

뜨거운 태양 아래서도 고개를 숙이지 않고
짙은 녹음으로 너를 보여 주었지

세월의 풍파에 쓰러져 가는 이들을 위해
마음껏 울 수 있는 공간도 되어 주고
가슴 속 넋두리의 비밀상자도 되어 주고
사랑하는 사람들을 위해 한 자리를 내어 주었지

나는 알 수 있어
옹이 진 그곳이 슬퍼했던 순간이고

나이테가 생긴 그곳이
기쁨과 희망이 만들어진 곳이라는 것을.

여름

여름은 희망이다
모든 가능성을 잉태하는
신록의 계절이자 화려한 길이다

여름은 생명이다
연녹색의 싱그런 푸르름이
활력과 기대감으로 온다

여름은 위대하다
온갖 꽃들의 성대한 향연
결실을 위한 꽃피움의 잔치다.

가을세상

가을이 무르익어 고개 숙인다

풍요롭게 세상을 물들이며
풍요로이 물들어 갈 줄 알고
무르익어 고개 숙일 줄 알며
고맙다고
감사하다고 한다

우리에게도
진정한 가을이 오면 좋을 텐데.

까치밥

바람막이도 없이
기나긴 기다림으로
외롭게 달려있는
감나무의 까치밥

침묵과 긴 인내
비움과 나눔의 속살을 품고
감나무 가지에
달려있는 까치밥

눈맞은 하얀 까치
배고픈 딱새와 참새들
허기를 채우며 하늘 보고 운다.

유유히 서있는 감나무를
친구 삼아 세월을 낚으시는
어느 시골집 할머니
오늘도 까치밥을 생각하며
창밖의 감나무를 내다본다.

사람의 길

머리 위에 하늘 이고
땅 위에 발을 딛고
사람으로 살고 싶다

하루가 열리는
오솔길 걸으며

아침햇살 부서지는
이슬 방울 속에
진정한 사람에 대한
그리움 적어 본다.

이렇게 살았으면

미워하는 이 없이
저 아침의 햇살 마음으로
살 수는 없는 걸까

삶의 무게는
먹구름처럼 무겁지만
비우고 비우며
감사로 살았으면

설레임으로
그리움의 꽃 간직하고
늘 마르지 않는 샘물처럼
행복의 샘 지키며 살았으면.

단상

열매를 보며
꽃을 생각한다
꽃은 열매를 위해
피었다 진다

나무를 보며
산을 생각한다
산은 나무를 위해
숲을 만든다

별을 보며
우주를 생각한다
우주는 별들을 받들고
운행한다

저마다 연결되어
존재함은 신의 손길 아닌가.

만남

사람은 만남을 통해 성숙해진다
만나면서 삶이 풍요로워진다
만나면서 사람을 알게 되고 자신도 돌아보게 된다

하지만 모든 만남이 다 소중한 것은 아니다
영혼이 만나고 자신을 오픈할 수 있어야
만남의 의미가 있다
아무리 술을 마시고 망가져도
영혼이 만나지 않으면 친해지지 않는다

술 한 방울 마시지 않아도
영혼이 만나면 이내 친해진다.

비 내리는 날

그대는 알고 있었나
인생살이가 깊은 골짜기 높은 산인 것을

생각으로 세상을 살기엔 현실이 버겁고
이상은 늘 허기진 배고픔이란 것을 이제야 알 것 같다

고독은 나를 무너뜨리고 외로움은 현실이다

누군들 알았으랴
세월이 흐를수록 마음의 무게도 쌓인다는 것을

하지만 이제는 조금은 알 것 같다
마음의 무게는 쌓이지만 비워낼 수도 있다는 것을

비 내리는 날
비와 함께 흐르는 것은
인생은 다들 그렇게 살아가는 것이라고.

초승달

가슴에 생채기 낼 듯한
초승달 있어
마음속에 담아 둔
나의 꿈을 베어 버렸다

아슬아슬 곡예사의 줄타기처럼
보는 것만으로도 숨죽이던
초승달의 정체는
내 그림자만큼의 길이로
뒤에서 서성이고 있다

한 켠에 두고 온 꿈들이
초승달 파편으로 튀어
내 기억 속에 스며 든다.

3장

지금 행복하지 않으면

푸른 눈빛으로

고운 사람
예쁜 사람
봄이 오는 산
진달래꽃 같은
소박한 사람

아무 것도 가진 것이 없지만
아무 것도 잘 하는 것이 없지만
마음만은 언제나 향기 가득하여
누구에게나 사랑스런 사람

몸 따라 마음 늙으면
절망 속에 가라앉아 죽어 갈까 봐
죽는 날까지
푸른 눈으로 살고 싶다.

인생은 물처럼

인생이
물처럼 낮은 곳으로 흘러서
어제는 옹달샘이 되었다가
오늘은 실개천이 되고
내일은 큰 강이 되는 것처럼

인생은
흐르는 물처럼 살아가야 한다.

평화의 길

한 영혼에 햇볕이 비추는
따스한 어느 봄날
그에게 작은 희락喜樂과
큰 소망이 찾아왔다

한 영혼에 햇볕이 비추니
절대자의 평화가 느껴지고
그에게는
신의 영광과 평강平康이 넘쳤다

세상의 모든 만물이
신의 섭리에 따라
순행하거늘

나는
단지 주어진
그 길을 걷고 있을 뿐.

행복

지금 행복하지 않으면
내일도 행복할 수 없다

왜냐하면
내일은 지금의 연장선이기에

행복에 목숨 걸지 말라
왜냐하면
우리는 이미
충분히 행복한 상태이기 때문에.

시간

시간은
기다리는 사람에게는 느린 것이고
슬퍼하는 사람에게는 긴 것이고
기뻐하는 사람에게는 너무나 짧다.

그러나
사랑하는 사람에게는 영원하다.

농부의 소망

씨를 뿌리는 농부의 소망은
열매를 거두기 위해서이다

그러나
소망으로만은 열매가 맺지 않는다
땀방울과 온정이 있을 때
소망의 열매는 결실을 맺게 된다

긴 장마는 햇볕의 소중함을 기억하고
가뭄의 목마름은
단비의 소중함을 잊지 않는다

기쁨의 열매를 거두기 위한 수고는
반드시 좋은 결과를 얻게 된다.

오늘에 최선을 다하는 삶

오늘 싱싱하게 살아있는 과수가
내일도 풍성한 열매를 맺는다

시들시들 말라있는 과수를
정성을 다하여 치료하고
성장용 비료를 주면서도
농부는 열매가 잘 맺을 수 있을까 염려한다

오늘을 도피하는 사람
내일의 막연한 기대에
의존하는 사람은
시들시들 메말라 있는 과수와 다르지 않다

왜냐하면
내일은 거둘 열매가 없기 때문이다.

삶의 에스프리

이 세상에서
가장 행복한 삶은
긍정적으로 살아가는 사람이다

이 세상에서
진실한 친구가 한 사람이 있는 사람은
가장 행복한 사람이다

이 세상에서
가장 아름다운 사람은
마음씨가 따뜻한 사람이다

이 세상에서
가장 지혜로운 사람은
사랑을 깨달은 사람이다.

진정한 현실주의

소박한 삶을 일구며
소박하게 잘 사는 세상을 꿈꾸는 사람,
한쪽에선 과학에 대한 연구가 지속적으로 이어지고
다른 한쪽에선 우리의 삶이 근원으로 돌아가 자급자족하며 소
박하게 살아야 한다.

"노동은 생계의 수단이며, 인간 본성의 발현이고, 인간이 존엄
성을 갖는 수단이다. 신석기 시대 이후 우리가 공존해 온 인류
의 삶이 증명해 온 역사이기도 하다."

21세기를 위한 진정한 현실주의는,
개발 위주의 소비 중심 문화에서
정신문화로 전환하는 사회운동이 있어야 한다.

행복의 실체

몸이 편안하고
마음이 평화롭고
영혼이 기뻐하는 상태

즉,
몸과 마음과 영혼이
조화로운 삶이다

행복은
방향을 바꾸는 일이고
방향감각을 바꾸는 것이다.

온전한 삶

삶에서
가장 소중한 것은
마음을 늦추고
온전히
지금 이 순간에 사는 것이다.

삶

삶이란
내 안의
또 나를 찾으려 애쓰는 길

삶이란
흘려보내는 것이 아닌
채워가는 길

삶이란
나를 주의 깊게
관찰하고 바라보는 길

삶이란
나를 분명히 알고
내 안의 나를 깊이 들여다보며

끝내는
내 안의
또 나를 발견하는 길.

사랑

인간은 사랑하기 위해
태어났으며
살면서 가장 나중에 남는 건
역시 '사랑'이다

사람에 대한 사랑
행복한 미래에 대한 신념은
사랑에서 시작된다.

느림의 빛깔

살아온 날보다 살아갈 날이 많기에
지금 잠시 초라해져 있는 나를 발견하더라도
슬프지 않다

지나간 어제와 지나가는 오늘
그리고 다가오는 내일
어제와 같은 오늘이 아니기를
오늘 같은 내일이 아니기를 기도한다

하루를 너무 바쁘게 살고
주변을 돌아볼 여유도
흘릴 수 있는 눈물도 없지만
넉넉한 마음의 여유와 느긋함으로
여유 있는 농담 한 마디 나누고 싶다.

희망이란

본래 있다고도 할 수 없고
없다고도 할 수 없다
그것은 마치 땅 위의 길과 같은 것이다
본래 땅 위에는 길이 없었다
한 사람이 먼저 가고
걸어가는 사람이 많아지면
그것이 곧 길이 되는 것이다.

— 魯迅 (노신)

저자의 삶의 흔적

* 문예사조 신인상 수상(1997)

* 이천국제조각심포지엄 조직위원

* 이천저널신문사 발행인/대표이사

* 환경운동연합 녹색자치위원

* 푸른이천 21 회장

* 국회의원 정책보좌관

* 연세대학교 총동문회 상임이사(현)

* 한국공유정책연구원(KOSPI) 수석연구위원(현)

* 대동재단 사무총장(현)

* 한국·키르키즈스탄 민간교류협력위원장(현)